http://www.bbulmedia.com

Korea Godfather

코리아갓파더

Korea Godfather
코리아 갓파더

1판 1쇄 찍음 2014년 2월 5일
1판 1쇄 펴냄 2014년 2월 10일

지은이 | 정사부
펴낸이 | 정 필
펴낸곳 | 도서출판 **뿔미디어**

편집장 | 이재권
기획 · 편집 | 윤영상
편집디자인 | 이진선

출판등록 | 2002년 9월 11일 (제081-1-132호)
주소 | 경기도 부천시 원미구 상동로 117번길 49(상동) 503호 (우)420-861
전화 | 032)651-6513 / 팩스 032)651-6094
E-mail | bbulmedia@hanmail.net
홈페이지 | http://bbulmedia.com

값 8,000원

ISBN 979-11-7003-238-0 04810
ISBN 978-89-6775-518-8 04810 (세트)

Korea Godfather

코리아갓파더

정사부 현대 판타지 소설

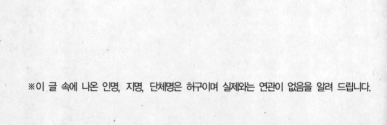

contents

1.

KSS경호원의 신위

저벅, 저벅.

최진혁은 걸음을 걸을 때마다 자신의 뒤에서 함께 걸어오는 이들이 여간 신경이 쓰였다.

예전에도 아니, 이전도 아닌 바로 어제까지만 해도 이런 게 전혀 귀찮지 않았고, 어떤 면에선 자신을 과시하는 것 같아 은근히 즐기기까지 했다.

하지만 오늘 아침부터 그런 즐거움은 귀찮음으로 바뀌었다.

귀찮음 또는 불편함으로 진혁에게 다가왔다.

진혁이 이리 느끼는 것은 바로 자신의 뒤를 따르는 이들이 자신을 따르는 만수파의 조직원이나 샹그릴라 호텔의 비서가 아닌, 성환이 자신의 신변 보호를 위해 붙여 준 경호원들이기 때문이다.

이제는 서울의 밤을 절반이나, 아니, 서울뿐 아니라 사실상 대한민국 최고의 조직의 수장으로 있는 자신을 노릴 만한 이들이 어디에 있다고 경호원을 붙인단 말인가?

뿐만 아니라 조폭 두목의 경호를 조직원이 아닌 경호 회사에서 한다는 것은 사실상 위신을 깎아 먹는 일이다.

남들의 시선을 의식해야 하는지라 정말이지 막말로 쪽이 팔렸다.

하지만 회장인 성환의 지시 때문에 어쩔 수 없이 이들을 받아들일 수밖에 없었다.

그런데 진혁이 이들을 더욱 껄끄럽게 생각하는 것은 이들이 한때 자신의 밑에 있던 조직원이었다는 것이 그의 신경을 이렇게 거슬리게 하는 것이다.

조직원들 중 말단에 있던 이들을 차출해 성환에게 보냈는데, 이제는 조직과 별개의 존재들이 되어 자신의 곁에 있으니 이들이 꼭 성환의 눈이 붙어 있는 것 같다는 느낌 때문에 뒤를 따르는 경호원들이 여간 신경이 쓰였다.

그리고 그런 것은 진혁뿐만 아니라 다른 사람들도 마찬가지였다.

어느 순간 자신의 밑이라 생각했던 이들이 자신과 별개의 존재로 동등한 입장으로 나타나면 누구나 그런 느낌을 받을 것이다.

어찌 되었거나 회장인 성환이 붙여 준 경호원들이라 떼 놓고 다닐 수가 없었다.

성환의 지시로 대범파의 모든 것을 인수했다.

그것을 자축하기 위해 간부들과 파티를 하기 위해 구역의 좋은 가게 한 곳을 섭외해 놓았다.

◈   ◈   ◈

자신들이 차지했다고 하지만 아직까지 남은 대범파 잔당들이 있을지 모르니 원래 자신들의 구역인 압구정에 있는 가게로 했다.

"모두 들어가자고."

"예, 사장님."

"그런데 김 전무는 아직 출발하지 않았다고 하던가?"

"용성 형님은 처리할 것이 있어 좀 늦는다 하셨습니다."

다른 간부 한 명이 자신의 질문에 대답을 하자 진혁은 고개를 갸웃거렸다.

무슨 일이 남아 있기에 이런 파티에 오지 않는 것인지 의아해했다.

"급한 일은 다 끝냈잖아?"

"그렇긴 한데, 아직 회장님이 지시한 것 한 가지가 남아 있어서 그것을 마무리하고 오신다고 했습니다."

"회장님 지시?"

"예, 그거 있잖습니까."

대답을 하던 간부는 시선을 뒤쪽에 있는 경호원들에게 살짝 돌렸다.

그런 간부의 모습에 진혁도 무슨 이야긴지 깨달았다.

"그렇지, 그 일이 있었지."

진혁은 말을 하면서도 뭔가 알 수 없는 허탈감이 느껴졌다.

조금 전까지만 해도 이 세상을 다 가진 것 같은 느낌이었는데, 간부로부터 성환에 대한 언급이 있자 바로 기분이 다운이 되었다.

그런 진혁의 기분을 아는지 또 다른 간부가 나서서 술자리 세팅을 하였다.

"자자, 오늘은 역사적인 날이니 일단 애들부터 들이겠습니다."

간부 한 명이 그렇게 말하면서 가게 지배인에게 눈짓을 주었다.

조직의 두목이 지시한 파티라 이미 만반을 준비를 하고 있던 지배인은 만수파가 운영하는 가게들에서 최고 인기 있는 아가씨들만 섭외해 이곳에 대기를 시켜 두었다.

다른 것도 아니고 이 일대는 물론이고 대한민국 최고의 조직 두목이 주선하는 파티이니 당연한 것인지도 몰랐다.

룸이 아닌 넓은 홀 전체가 파티장이 되었기에 대기실에서 나온 아가씨들은 빠르게 빈 좌석으로 가서 앉았다.

정말이지 홀로 나오는 아가씨들의 면면을 보면 TV에 나오는 인기 여배우들 이상의 외모를 가지고 있었다.

마치 미스 코리아 경연을 보는 듯 미녀들이 홀로 나오자 주변이 다 환해지고, 또 주변에 꽃향기가 만연했다.

"와!"

누구의 입에서 나온 것인지는 모르지만 아가씨들을 보며 감탄사가 절로 나왔다.

"음."

두목인 진혁도 나오는 아가씨들의 모습에 자신도 모르게 신음을 흘렸다.

"안녕하세요. 초희라고 해요."

진혁의 옆자리에 앉은 아가씨는 자신을 초희라 소개를 하며 진력의 잔에 술을 따랐다.

딱 봐도 진혁이 앉은 자리가 최고 상석이라는 것을 잘 알고 있는 초희는 이 자리에 있는 이들 중 가장 젊은 진혁이 얼마나 대단한 사람이기에 지배인까지 나서서 굽실거리는지 알지는 못했지만, 함부로 해서는 안 되는 사람이란 것을 깨닫고 조심스럽게 술을 따랐다.

이때 그런 초희의 귀에 그녀의 생각이 맞다는 것을 증명이라도 하듯 자리에 앉은 사람 중 한 명이 그녀에게 소리쳤다.

그 남자는 바로 이곳 가게의 사장으로 일대에선 알아주는 사람이었기에 비록 초희가 이 업소의 소속은 아니지만 잘 알고 있었다.

그런 남자가 자신의 옆자리에 있는 남자를 어려워하며 말하는 것에 조금 놀라기도 했다.

"잘 모셔라, 샹그릴라 호텔 사장님이시다."

초희도 샹그릴라 호텔이 뭐하는 곳인지 이미 들어서 잘 알고 있었다.

청담동에 자리한 호텔이지만 그곳의 사장이 청담동은 물론이고, 압구정 그리고 얼마 전에는 강남까지 차지한 조직 폭력배들의 온상이란 것을 들어서 알고 있다.

그런 사람이 이렇게 젊은 사람일 것이라고는 생각지 못했던 초희는 눈이 더 이상 커지지 않을 정도로 커졌다.

진혁은 초희의 그런 모습을 보며 그녀가 놀라거나 말거나 담담한 척 그녀가 따라 놓은 술을 들었다.

진혁이 잔을 들자 다른 사람들도 하나둘 잔을 들었다.

그러자 진혁이 술잔을 높이 들며 소리쳤다.

"우리의 무궁한 영광을 위하여!"

"위하여!"

사내들의 우렁찬 소리에 건물이 흔들릴 정도로 큰소리가 들렸지만, 그들의 파트너로 앉은 여자들은 감히 어떤 생각도 하지 못했다.

오늘 이 자리가 어떤 자린지 깨달은 것이다.

이곳에서 어떤 일이 벌어져도 아무도 모를 것이기에 오늘은 죽었다 생각하며 이들의 비위를 거스르지 않기 위해 조심했다.

그런데 이때 입구 쪽에서 소란이 일었다.

우당탕탕! 쿵! 쾅!

흥겨웠던 파티 자리는 금방 복도에서 들려온 소란 때문에 흥이 깨졌다.

더욱이 홀로 들어오는 몇몇 조직원들의 모습이 심상치 않았다.

단정히 차려입은 검은색 양복은 보기 싫게 흐트러져 있었고, 무스를 발라 뒤로 넘긴 머리도 뭔가에 헤집었는지 마구 헝클어져 있었다.

"막아!"

"와!"

쾅! 쾅!

철문으로 된 가게 출입문을 뭔가 무거운 것으로 두드리는 소리가 들리고 밖에서는 누군가 강제로 문을 열기 위해 힘을 쓰는 소리가 들렸다.

"무슨 소란이야!"

흥이 깨진 것 때문에 진혁이 인상을 찡그리자 이 가게의 사장인 복남은 얼른 자리에서 일어나 복도에 있는 조직원들에게 물었다.

그런 복남의 물음에 조직원 중 한 명이 대답을 했다.

"습격입니다."

"뭐?"

복남은 물론이고 조직원의 대답을 들은 사람들은 하나같
이 소리쳤다.

감히 누가 만수파를 향해 도발을 하는 것인지 알 수가 없
었기 때문이다.

◈　　◈　　◈

쾅! 쾅!

한편 가게 입구에서는 금련방의 조직원들이 닫힌 가게의
문을 열기 위해 들고 있는 도끼로 연신 철문을 두들기고 있
었다.

이들을 인솔하고 온 금련방 간부인 진은 시간이 갈수록
인상이 구겨졌다.

이곳은 외국.

외국인에 관대한 한국이라고 하지만, 지금처럼 도끼를
들고 기물을 파손하는 행위까지 눈감아 줄 정도로 호인은
아니다.

하지만 마음이 급한 진의 마음도 모르고 철문은 여간 단

단한 것이 아닌 듯 열릴 기미가 보이지 않았다.

"시간이 없다 얼른 열어!"

"알겠습니다, 형님!"

진의 지시에 가게 입구에서 연신 철문을 두들기던 조직원은 큰소리를 치며 있는 힘을 다해 문을 두들겼다.

아무리 단단한 철문이라고 하지만 계속되는 도끼질에 제 역할을 상실할 수밖에 없었다.

끼기긱!

요란한 마찰음을 내며 철문이 벌어지자 금련방 조직원들은 그 틈으로 몸을 집어넣었다.

하지만 문이 열렸다고 하지만 쉽게 안으로 들어가지는 못했다.

만수파에서도 입구를 막기 위해 철문이 시간을 벌어 주는 동안 숨겨 둔 무기를 들고 입구에 대기를 했기 때문에 철문이 기능을 상실했어도 금련방의 조직원이 쉽게 안으로 들어오는 것을 저지했다.

그렇지만 인원수에서 밀리다보니 만수파의 조직원들은 점점 뒤로 빠지고, 가게 안으로 금련방의 조직원들이 들어오는 것을 허용하고 말았다.

"가시지요."

조직원들이 가게 안으로 진입하는 것을 본 금련방 조직원 한 명이 진에게 말을 했다.

진은 그런 조직원을 따라 천천히 가게 안으로 들어갔다.

그런데 가게 안으로 들어서던 진은 눈을 동그랗게 떴다.

진이 가게 안으로 들어간 시간은 그리 오랜 시간이 아니었는데, 그 짧은 시간에 먼저 들어갔던 조직원 중 가장 선두에 선 이들 4명이 바닥에 쓰러져 있었기 때문이었다.

"뭐, 뭐야?"

너무도 황당한 장면에 진은 말을 더듬으며 물었다.

그런 황당한 모습은 비단 진뿐만이 아니었다.

그가 잡으러 온 진혁과 그의 곁에 있는 만수파 간부들 또한 놀라긴 마찬가지였다.

◆　　◆　　◆

쇠파이프와 손도끼를 들고 안으로 들어오는 흉험한 모습의 깡패들을 보자 여자들은 비명을 지르기 시작했다.

아무리 자신의 곁에 국내 최고의 조직 두목과 간부들이 있다고 하지만, 눈앞에 도끼와 같은 흉험한 무기를 든 남자들이 떼로 몰려들자 너무나 놀래 비명을 지른 것이다.

꺅꺅!

여성들의 비명 때문에 홀 안이 시끄럽긴 했지만, 그것을 타박하는 남자는 아무도 없었다.

복남은 가게 안으로 밀려들어오는 이들을 보며 소리를

쳤다.

"뭐하는 놈들이야!"

복남이 소리를 쳤지만 대답을 하는 이들은 아무도 없었다.

금련방의 조직원들이 도끼를 앞세우고 안으로 들어서자 홀 입구에 있던 이들이 도끼를 든 이들의 곁으로 파고들었다.

밀려드는 금련방 조직원들의 곁으로 파고든 이들은 바로 성환이 진혁의 안전을 위해 파견한 KSS의 경호원들이었다.

이들은 대범파를 제압할 때 성환과 함께했던 수료자들로, 성환과 함께 섬으로 돌아간 것이 아니라, 진혁의 곁에 남았다.

이들은 성환이 특별 경호팀과 남은 수료자들이 동대문파와 신호남파를 정리할 때도 함께하지 않고 진혁의 곁에서 진혁이 대범파를 정리할 때 그를 경호했다.

물론 원칙적으로는 조금 전에도 진혁의 뒤에서 대기를 해야 했지만, 이 자리가 만수파의 파티이고, 또 두목인 진혁을 해코지 할 이가 없다는 판단에 그와 떨어져 있던 것이었다.

그리고 이건 진혁이 편안히 간부들과 파티를 하겠다고 했기에 그게 가능했다.

하지만 그런 요청이 있었다고는 했지만, 혹시라도 이곳에 난입할 불청객을 막기 위해 입구 좌우에서 대기를 하고 있었다.

그런데 그들의 우려대로 불청객이 파티장으로 난입을 하였기에 우선 제압을 하기 위해 가장 위험한 무기를 든 이들을 먼저 제압했다.

섬에서 교육을 받은 대로 우선순위를 정해 빠르게 제압했다.

더욱이 안 보이던 사각에서 빠르게 기습을 했기에 금련방의 조직원은 미처 그들을 발견하지 못하고 쓰러져 버렸다.

너무도 순식간에 벌어진 일이라 어느 누구도 말을 하지 못하고 입만 벙긋거렸다.

'아니 어떻게……'

홀 안에서 경호원들이 움직인 것을 발견한 이는 아무도 없었다.

그들이 놀라고 있는 때에도 홀 안으로 밀려들던 금련방 조직원들은 쓰러져 갔다.

KSS경호의 경호원들이 금련방 조직원들을 공격하고 있을 때, 천천히 홀 안으로 들어오던 진은 그 모습을 보고 소리쳤다.

"멈춰!"

하지만 공격을 하고 있던 경호원들은 진의 말을 듣지 않았다.

아니, 전혀 들을 필요가 없기에 그저 위협이 되는 이들을 빨리 처리하기 위해 더욱 빠르고 과감하게 손을 쓰기 시작했다.

성환의 지시로 섬에 갔던 100명의 청년들은 불과 6개월 만에 전혀 다른 사람이 되어 나왔다.

사실 진혁은 성환이 두려워 100명이란 조직원들을 그에게 넘겨주긴 했지만 조직의 힘이 빠져나가는 것을 걱정했다.

그렇다고 무력이 약한 이들을 보냈다간 어떤 일을 당할지 모르기에 될 수 있으면 건강하고 착실한 놈을 차출하긴 했지만, 조직 내 위상으로는 하류에 속한 이들만 뽑았다.

물론 진혁으로서는 그것만이 최선이었다.

아무튼 그런 이들이 지금은 감히 자신들은 상대도 되지 않을 정도로 가공할 무력을 가지고 나타났다.

지금 눈앞에 펼쳐진 광경을 보며 만수파 간부들은 하나같이 경악에 아무 말도 하지 못했다.

어떻게 그 짧은 시간에 그런 무력을 가지게 되었는지 아무리 인간이 신비한 존재라고 하지만 그리 변할 수 있는지 너무도 궁금했다.

하지만 그런 것을 물어본다고 해서 대답을 해 줄 사람은 아무도 없었다.

그건 한때 자신의 부하였던 경호원에게 어떻게 지냈는지 알고 싶은 자신의 물음에 어떤 대답도 하지 않던 옛 부하들의 모습에서 알 수 있었다.

이미 이들은 자신을 두목으로 인정하고 있지 않고, 또 자신들이 속한 곳이 만수파가 아닌 성환이라는 것을 말이다.

이때만큼은 진혁도 후회라는 감정이 약간 생겼다.

모든 것을 떠나서 성환의 품에 들어가지 못한 자신이 저기 누군지 모를 자들과 싸우고 있는 저들보다 불행하다는 느낌이 들었다.

'내가 무슨 생각을……'

진혁은 고개를 흔들며 애써 자신의 생각을 털어 냈다.

누가 뭐해도 지금 자신은 거대 조직의 두목이다.

비록 자신의 능력으로 이 자리에 올라선 것은 아니지만, 그래도 어찌 되었든 지금은 자신이 대한민국 최고의 조직의 수장이기에 다른 생각을 할 필요가 없었다.

진혁은 생각을 멈추고 자신의 조직원들과 대치를 하고 있는 자들의 뒤를 보았다.

그곳에 방금 전 고함을 친 남자의 모습이 보였다.

자신과 비슷한 또래로 보이는 남자가 날카롭게 눈빛을 빛내며 싸우고 있는 현장을 주시하고 있었다.

진혁이 보기에 한가락 할 것 같은 느낌이 물씬 풍기는 그의 모습에 솜털이 곤두서는 것을 느꼈다.

❖   ❖   ❖

진은 어려서부터 무술을 수련했다.

중국 하남 출신으로 철포삼과 홍권을 수련했다.

홍권은 청조 반청복명을 주창하던 비밀 결사의 무술로 그 창시자는 홍희관이다.

홍희관은 소림의 지선대사에게서 소림의 권(拳)을 배웠는데, 소림권의 복잡한 투로(套路)를 간단하고 단순하게 개량을 해 빠르게 수련을 할 수 있게 만들었는데, 그러면서도 소림권이 가진 강맹한 힘을 잃지 않게 만들었다.

전시에 만들어진 무술이라 그 흉험함 또한 대단한데, 이 무술이 유명한 것은 난세의 영웅인 황비홍이 이 무술을 배웠다고 알려져 많은 중국인들이 수련을 하였다.

특히나 진 또한 그런 영웅이 되고 싶다는 소망에 어려서부터 홍가권 즉 홍권을 배웠다.

지금은 그것을 밑바탕으로 금련방의 간부의 자리에 앉았다.

그리고 잘 알려진 것은 아니지만 이 금련방이라는 곳이 바로 예전 반청복병을 주창하던 비밀 결사의 한줄기가 흑사회에 고착이 된 조직 중 하나다.

많은 비밀결사들이 시간이 지나면서 금련방과 같이 흑사회에 몸을 담그게 되었다.

예전에는 같은 뜻을 가지고 손을 잡았던 조직들이 현재

에는 서로 이득을 위해서 칼과 총으로 서로를 겨누고 또 때로는 손을 잡으며 복잡한 관계를 유지하고 있다.

그러다 보니 금련방과 같이 뒤늦게 깡패 조직화된 조직들은 기존의 조직이 차지한 곳에 자신들의 자리를 만들려다 보니 손속이 잔인해지고, 조직의 이익에 물불을 가리지 않고 행동했다.

하지만 그런 과감한 손속은 잔인한 보복으로 돌아왔다.

자신들이 하면 상대도 그렇게 할 수 있다는 것을 생각지 못했던 조직들은 그 때문에 많은 희생을 치러야만 했다.

금련방 또한 마찬가지였다.

자리를 잡기 위해 행했던 일 때문에 많은 조직원들이 희생을 치르긴 했으나 그래도 자신들이 운신할 자리를 잡았다.

그리고 그것을 교훈으로 복잡하고 판이 짜인 본토 보다는 해외로 눈을 돌렸다.

홍콩이나 마카오와 같은 곳은 이미 큰 조직이 차지하고 있기에 자신들이 들어설 곳이 없었다.

그러다보니 가까운 곳에 좋은 먹이가 있었다.

고례로 중국의 신하인 한국이 그곳이었다.

하지만 생각처럼 쉽지는 않았다.

어떻게 된 인간들이 죽기 살기로 달려드는 통에 비집고 들어올 틈이 보이지 않았다.

사실 금련방에서 한국에 먼저 지부를 만들려고 했던 것은 아니었다.

　한국보다 시장이 큰 일본이 가까이에 있기에 일본을 가장 먼저 시장으로 선정했다.

　그 때문에 일본의 야쿠자와 피 튀기는 전쟁을 하다시피 했다.

　그래서 어쩔 수 없이 힘에서, 그리고 숫자에서 밀린 나머지 차선으로 선택한 것이 한국이었다.

　그런데 이 한국이란 나라의 인종들은 어떻게 된 것인지, 숫자에서나 무력에서 모든 부분에서 자신들의 상대가 되지 못했지만, 결과적으로 중국의 조직은 한국에 변변한 거점을 마련하지 못했다.

　어떻게 알았는지 한 조직이 기습을 하고 그것을 막아 내면 또 다른 조직이 기습을 하는 등 마치 연합이라도 한 것처럼 공격을 해 대는 통에 자리를 잡지 못했다.

　그러다 작전을 바꿨다.

　어디나 그렇듯 욕심에 눈이 어두운 이들이 있다.

　돈이라면 제 부모형제까지 팔아먹는 아귀와 같은 자들이 한국에도 있었다.

　그들과 손을 잡고 많은 자금을 이용해 그들이 한국에 자리를 잡게 만들었다.

　그리고 그들의 비호를 받으며 자신들도 외부로는 작은

거점을 마련하였다.

만약 자신들의 조직이 대규모로 자리를 잡게 되면 분명 자신들과 손을 잡았던 조직도 자신들을 경쟁자로 생각해 잡은 손을 놓을 것이 분명하기에 일부로 규모를 키우지 않았다.

그렇게 하지 않더라도 돈은 충분히 벌 수 있으니 그런 것은 상관이 없었다.

하지만 얼마 전 자신들과 손을 잡은 조직이 무너졌다.

생각지도 못한 시점에서 자신들의 물건을 팔아 주던 조직이 사라지다보니 큰일이 났다.

그 때문에 이렇게 무술에 뛰어난 조직원 10명을 데리고 기습을 했다.

지부장의 명령대로 이전 자신들과 손을 잡았던 대범파를 대신할 조직의 두목을 데려다 계약을 하려던 순간 일이 잘못되었다는 것을 느끼기까지 오래 걸리지 않았다.

자신들이 알고 있던 것처럼 만수파는 쉬운 조직이 아니었다.

10년 이상을 수련한 조직원들이 단 2명에 의해 쓰러지고 있었다.

더욱이 그들이 들고 있는 무기라고는 겨우 톤파 하나를 들고 있었지만, 그들을 제압할 수가 없었다.

진도 톤파라는 무기가 이런 좁은 곳에서 얼마나 유용하

고 무서운 무기인지 너무도 잘 알고 있다.

자신도 중국에 있을 당시 돈파를 이용한 무술을 잠깐 배웠기에 그것에 숙달된 자들이 얼마나 무서운 자들인지도 잘 알고 있었다.

지금 자신의 눈앞에 있는 자들은 최소 1년 이상은 톤파를 익힌 것으로 보였다.

톤파라는 무기는 단봉처럼 사용할 수도 있고, 또 때로는 긴 봉 쪽을 잡아 갈고리처럼 상대를 당길 수도 있는 여러 가지 용도로 사용할 수 있기에 제대로 된 숙련자라면 무서운 위력을 보인다.

하지만 당하고만 있을 수는 없었다.

이대로 가다가는 오히려 이들에게 포위돼서 자신들을 제압할 수도 있기 때문이다.

이미 4명이나 쓰러진 것을 본 진은 일단 포위당하지 않기 위해 뒤로 조금 물러나기로 했다.

비록 자신들이 숫자가 적기는 하지만 포위만 되지 않는다면 충분히 해 볼 만하다고 판단했기 때문이다.

하지만 진은 자신의 판단이 조금 늦었다는 것을 곧 알게 되었다.

비록 방심하긴 했지만 이곳은 만수파의 본거지였다.

"저 새끼들 잡아!"

갑자기 뒤쪽에서 사람들이 몰려오는 기척과 함께 누군가

자신들을 향해 잡으라는 소리를 치는 것이 들렸다.

진은 소리가 들린 곳으로 고개를 돌리다 190센티에 육박하는 큰 덩치를 가진 남자가 달려오는 것을 보았다.

바로 김용성 전무였다.

성환의 지시로 40명의 어린 조직원을 차출 중이었다.

이전에는 이들 보다는 좀 더 쓸 만한 인원을 100명이나 차출했었는데, 이번에는 무슨 일인지 어린아이들로 준비를 시키라는 지시를 받았다.

그 때문에 용성은 오늘 파티가 있었지만 남아서 점검을 하고 있었다.

그런데 갑자기 진혁이 있는 파티장에 괴한들이 난입했다는 연락이 왔다.

도끼와 쇠파이프로 무장을 하고 난입을 했다는 것이다.

용성은 연락을 받자마자 바로 달려왔다.

다행히 파티를 하는 장소가 용성이 있는 곳과 불과 500m 정도밖에 떨어지지 않은 곳이었다.

그래서 연락을 받자마자 바로 달려올 수 있었다.

달려오면서 제발 진혁이 무사하길 빌었다.

연락을 받으면서 난입을 한 괴한들이 얼마나 흉험한지 들었기에 속으로 그렇게 빌었다.

물론 진혁이 없다고 지금의 만수파가 유명무실해지는 것은 아니지만, 그래도 일단 자신이 세운 두목이 무사하기를 빌었다.

그렇게 힘들게 달려오니 괴한들의 뒷모습이 눈에 보였다.

업소 입구는 난장판이 되고 철문은 뭔가에 찢겨 못 쓰게 되었지만, 안에서 들려오는 소리를 들어 보니 별다른 탈이 난 것은 없어 보였다.

가게 입구를 확인한 용성은 빠르게 가게 안으로 들어갔다.

그리고 입구 복도에 홀 안으로 들어가려는 이들이 보이자 바로 그들의 뒤를 급습했다.

용성이 그렇게 누군지 모를 습격자들의 뒤를 치자 성환으로부터 용성의 안전을 지키라는 명령을 들은 병서와 중호는 얼른 용성의 뒤를 따랐다.

아니, 출발은 용성보다 늦었지만, 이미 섬에서의 수련으로 그들의 신체 능력은 이미 인간의 한계에 다다라 있어 한 발 앞서 현장에 뛰어들었다.

성환은 군에서 S1프로젝트를 할 때만큼의 지원은 할 수 없었지만, 그래도 엄선된 약재를 토대로 차출된 이들을 양성했다.

그래서 이제는 KSS경호의 특별 경호팀과는 아직 한참 차이가 나지만, 그래도 일반적인 경호원이나 무도인을 상회하는 정도로 이들을 양성했다.

그리고 그들을 주축으로 국내 최대 조직인 대범파를 정

리하였다.

아무튼 용성을 경호하던 병서와 중호는 현장에 뛰어들자마자 바로 손을 쓰기 시작했다.

뒤에서 갑자기 뛰어든 것이라 금련방의 조직원들은 변변한 반항도 하기도 전에 쓰러졌다.

앞에는 진혁을 경호하던 이들이, 뒤에서는 용성을 경호하던 중호와 병서가 앞뒤로 치고 들어오자 도저히 막을 수가 없었다.

비록 뒤에서 기습한 병서와 중호가 앞에서 금련방 조직원들을 상대하던 이들과 다르게 빈손이기는 하였지만, 기습을 하며 숫자를 줄이다보니 빠르게 제압을 했다.

한편 두목인 진혁이 있는 파티장이 적으로부터 기습을 받았다는 말에 뛰어들던 용성은 자신보다 더 빠르게 뛰어든 병서와 중호의 모습에 멈칫했다.

분명 자신이 가장 먼저 달려들었는데, 순간적으로 좌우에서 뭔가 커다란 물체가 지나가더니 적을 제압하는 것이 아닌가?

자신이 봐도 적들은 위협적으로 보였다.

무식한 쇠파이프와 손도끼를 들고 있는 것이 말로만 듣던 삼합회 같았다.

홍콩 느와르를 보면 중국의 깡패들은 꼭 중국식육도(食肉刀)를 들고 상대를 향해 돌진하는 장면이 나온다.

지금 눈앞에 보이는 적들의 모습이 그와 흡사하고, 또 뭔가 시끄럽게 떠드는 것이 중국말 비슷하기에 그렇게 판단을 했다.

아무튼 그걸 떠나서 적들이 쓰러지는 모습을 보며 어느 정도 여유를 가지게 된 용성은 얼마 남지 않은 적들보다 자신을 지나쳐 적을 쓰러뜨리고 있는 이들을 살피게 되었다.

누군지 알게 되면 보상을 하기 위해서다.

조직을 위해 이렇게 적극적으로 나서는 조직원이 있다면 당연 포상을 해야 한다는 생각이기 때문이다.

이제 만수파는 예전의 작은 조직이 아니다.

대한민국 최고의 조직이 되었다.

그러니 그에 맞게 조직원들을 대우를 해 주어야만 된다.

그래서 누가 나서서 적과 싸우고 있는지 자세히 살피는데, 그 모습이 눈에 너무 익었다.

'아니!'

한때 만수파에 적을 두고 있었지만 6개월 전 조직과 별개로 성환에게 간 이들이었다.

원래는 조직의 정예로 키울 것이라 했었다가 중간에 계획이 바뀌어 그들을 모두 경호 회사에 입사시키는 것으로 변경이 되었다.

그 통보를 받았을 땐 좀 황당하기도 했지만, 이미 성환에게 기선이 제압된 상태라 그 말을 거부할 수는 없었다.

어차피 100명이나 되는 인원이 줄어들었지만 그렇다고 전력이 줄어든 것은 아니기에 받아들였다.

진원파와 통합이 되면서 구역이 넓어지긴 했지만, 내부가 어수선해 일단 내부 단속이 우선이기 때문이기도 했고, 또 줄어든 전력만큼 성환이 도움을 주기로 했기에 급한 것부터 처리하기 위해 그 제안을 받아들였다.

뭐 자신들이 성환을 회장으로 자신들의 윗사람으로 인정을 한 때부터 이미 성환이 하는 말은 법이나 마찬가지였기에 반발이란 있을 수 없는 일이기도 했기에 받아들였다.

하지만 설마 그때 차출된 이들이 저런 괴물이 되었을 것이라고는 상상도 못했다.

물론 한 명 정도는 자신도 상대할 수 있을 것 같았지만, 상대하는 것과 제압하는 것은 또 다른 문제다.

성환이 자신과 진혁에게 경호원을 붙여 줄 때 사실 자신들을 감시하기 위해 그런 것은 아닌지 의심을 했지만, 이젠 그런 의심을 떨칠 수 있었다.

경호원이라 하고 감시자라 생각했던 이들의 무력은 이미 자신들을 벗어나 있다는 것을 깨달았기 때문이다.

◈　　◈　　◈

퍽!

어두운 밀실 백열등 하나만 실내를 밝히고 있기에 조금은 음산한 분위기를 발하고 있는 좁은 방에 한 사람은 폭행을 하고 또 한 사람은 폭행을 당하고 있었다.

벌써 30분이 넘게 폭행이 계속되고 있었다.

폭행을 하면서도 어떤 말도 없이 계속되고 있어 폭행을 당하는 입장에서는 아무리 깡이 좋다고 해도 두려움을 가지게 만들었다.

그러고 지금 폭행을 당하고 있는 진이 바로 그랬다.

어려서부터 무술을 연마하고 또 삼합회 중에서도 독하기로 소문난 금련방의 조직원으로서 많은 현장에서 적대 조직원들과 실전을 통해 많은 사람을 장사 지내기도 했었다.

하지만 그런 악과 깡은 지금 진에게 남아 있지 않았다.

얼마나 교묘하게 폭행을 하는지 장시간 계속되는 폭행에도 고통이 익숙해지지 않고 있었다.

이는 폭행을 넘어 고문 수준에 이른 기술이었다.

설마 한국의 깡패가 이런 고등의 고문술을 가지고 있을 것이라고는 진은 생각도 못해 지금 정신을 차릴 수가 없었다.

지금 진을 폭행하고 있는 사람은 사실 만수파의 조직원이 아니었다.

진혁이 누군가에게 습격을 받았다는 보고가 성환에게 보고가 들어갔다.

그래서 붙잡힌 놈들이 어디서 온 놈들인지 알아내기 위해 성환은 특별경호팀의 팀장인 고재원을 만수파로 보냈다.

지금 진을 폭행하는 이는 바로 고재원이었던 것이다.

만약 정보사에 있었다면 자백제라도 투여했을 것이지만, 지금 성환에게는 그런 약품이 없다.

그러니 가자 원초적인 방법으로 자백을 받아 내기 위해 이렇게 폭행을 시도하는 것이다.

아무리 의지견정(意志堅貞)한 사람이라도 이렇게 장시간 폭행이나 고문을 당하게 된다면 의지가 꺾이게 마련이다.

"그, 그만! 내 모든 것을 말할 테니 그만!"

진은 더 이상 버티지 못하고 폭행을 그만해 줄 것을 애원했다.

말이 나오지 무섭게 계속되던 폭행이 멈췄다.

진은 멈춰진 폭행에 안도했다.

정말이지 말도 않고 계속되던 폭행을 이 세상 그 무엇 보다 무서웠다.

굳건하던 의지는 간데없고, 죽음에 대한 공포만이 머릿속을 채웠다.

이전에는 자신의 목숨쯤이야 조직을 위해서라면 충분히 내놓을 수 있다고 자신했다.

그리고 자신이 속한 금련방 내에선 그런 것이 당연하다 생각했다.

조직이 터를 잡을 때, 진도 상대 조직에 붙잡혀 고문을 당한 적도 있었다.

다행히 죽기 전 상대 조직과 협상이 되어 풀려나 고생을 하긴 했지만 이 정도는 아니었다.

당시 고문을 당할 때, 자신의 동료 중 몇 명은 고문 도중 죽기도 했고, 또 풀려난 뒤에도 후유증으로 장애인이 되거나 앓다가 죽은 자도 있었다.

하지만 그때도 이렇게 무섭지 않았다.

무술을 익힌 후 한 번도 두렵다는 생각을 하게 만드는 것과 조우하지 못했다.

그런데 오늘 그런 공포를 느끼게 되었다.

어두운 조명은 진에게 익숙한 것이라 별 장애가 되지 않았지만, 침묵 속에서 계속되는 폭행은 아니었다.

자신이 항복 선언을 하자 이렇게 폭행이 멈춘 것에 다행이라 생각한 진은 상대가 무엇을 물을 것인지 생각하기 시작했다.

하지만 그런 생각은 오래가지 못했다.

다시 아무런 말도 없이 폭행이 시작된 것이다.

"내가 말한다고 하지 않았습니까? 제발 그만! 그만, 억!"

진이 말을 하는 중에도 폭행은 멈추지 않고 계속 되었기에 진은 정말이지 자신이 어떻게 해야 이 폭행이 멈출지 그것만 생각하게 되었다.

결국 어떻게든 폭행을 멈추기 위해 두서없이 말을 했다.

분명 자신을 이렇게 폭행하는 것이 자신에게서 뭔가를 알아내기 위해서란 것을 잘 알기 때문이다.

"난 진진이란 이름을 가지고 있으며, 금련방 한국지부 소속입니다. 직위는……."

진은 자신의 이름은 물론이고, 자신의 소속, 그리고 자신이 외 만수파의 두목과 간부들이 파티를 하는 곳을 공격했는지 물었다.

사라진 거래처를 대신해 자신들과 새롭게 거래를 할 거래처를 찾기 위해 그랬다는 말을 했다.

폭행을 하면서 무표정이던 재원도 이때만큼은 황당한 표정을 했다.

아니, 거래를 하려던 놈들이 납치를 하기 위해 도끼와 쇠 파이프를 들고 습격을 했다는 말이 너무도 기가 막혔던 것이다.

진에게서 알아내야 할 것을 모두 알아낸 재원은 그것을 가지고 성환에게 보고를 했다.

비록 진이 만수파 두목인 최진혁을 습격하다 잡혀 왔지만 그의 배후에 성환이 있기에 일차적으로 성환이 먼저 보고를 받은 것이다.

그리고 재원의 상급자로는 성환뿐이고, 재원과 진혁은

별 연관이 없는 사람이기에 이렇게 성환에게 먼저 보고를 한 것이다.

사실 재원과 진혁은 그 역할이 다르지만 어떻게 보면 같은 선상에 있는 것이나 마찬가지였다.

재원은 성환의 회사인 KSS경호 소속이고, 진혁은 성환이 프로젝트를 위해 필요한 인물이다.

그게 무슨 말이냐 하면 성환이 진행 중인 삼청 프로젝트에 만수파가 차지하는 비중이 아주 크다.

조폭과 관련이 없는 성환이 조폭을 다루기 위해선 폭력 조직이 필요한데, 이 폭력 조직의 역할을 할 것이 바로 만수파다.

그리고 KSS경호는 거대해진 만수파를 통제하기 위한 수단으로 만든 회사인 것이다.

아무리 성환 자신이 거대한 힘을 가지고 있다고 하지만 사람들은 흔히 자신의 세력이 커지면 상대의 힘에 대해 망각을 하게 된다.

그것이 자신의 편에 선 이들의 숫자가 상대보다 많다면 더욱 그런 경향이 두드러진다.

성환은 이런 것을 차단하기 위해 자신에게도 무력 조직이 있다는 것을 외부에 알려 줘야만 했다.

그래서 만든 것이 만수파에서 차출한 100명의 인원이었다.

거기에 군에서 비밀리에 양성하던 S1이 해체되면서 호랑이 등에 날개를 달아 주었지만 말이다.

아무튼 성환 자신의 무력에 특수 훈련을 한 112명의 경호원 또 40명의 인원을 차출했으니 아무리 거대해진 만수파라도 딴생각을 하지 못할 것이다.

◆　　◆　　◆

탁!

지하실에서 진이 말한 내용을 녹음한 파일의 재생이 끝났다.

"어떻게 할 것이냐?"

"어떤 것을 말입니까?"

밑도 끝도 없는 성환의 질문에 진혁은 답변을 하지 못하고 물었다.

솔직히 진혁의 머릿속은 열불이 나고 있었다.

겨우 거래를 하기 위해 자신을 납치하려고 했다는 말이 너무도 어이가 없었다.

얼마나 자신이 무능하게 보였으면 협상이 아닌 납치를 하려고 했을까? 생각하니 미치고 팔짝 뛸 일이었다.

하지만 지금 자리가 자리인 만큼 진혁은 인내를 하며 성환에게 물은 것이다.

그런 진혁의 물음에 성환은 잠시 그의 얼굴을 쳐다보다 이야기를 했다.

"저들이 거래를 하고 싶다고 하는데, 네 생각은 어떠냐는 것이다."

성환의 생각을 들은 진혁은 바로 대답을 했다.

성환이 어떤 것을 싫어하는지 깨닫고 있는 지금 괜히 금련방과 거래를 해 눈 밖에 날 필요성을 느끼지 못했다.

"전 그들과 엮이고 싶은 생각이 없습니다. 교관님도 아시다시피 저희 조직은 그런 것 안 해도 충분합니다."

진혁은 대범파의 재산을 정리하면서 그들이 벌였던 사업에 관해서 많은 것을 확인했다.

그런데 아무리 자신들이 깡패들이라고 하지만 지켜야 할 룰이라는 것이 있다.

하지만 대범파는 도저히 인간이라고 할 수 없을 정도의 인간 망종들이었다.

인신매매는 물론이고 납치에 고리대금, 사기와 폭력에 의한 강탈까지 인간이 할 수 있는 죄악이란 죄악은 모두 저지르고 있었다는 것을 확인했다.

그중에서도 인신매매와 장기밀매와 같은 흉악범죄는 자신을 습격한 중국 조직과 밀접한 연관이 있었다.

그랬기에 진혁은 성환의 물음에 그리 말한 것이다.

자신은 절대로 그런 망종까지는 되지 않겠다는 이야기다.

성환은 진혁의 말을 듣고 그의 눈을 잠시 쳐다보았다.

눈은 마음의 창이라고 해서 거짓을 말하게 되면 그 표시가 났다.

사람은 다른 사람을 속이기 위해 진실이 아닌 거짓을 말하게 되면, 동공이 확장되고, 눈동자가 흔들린다.

그리고 자신도 모르게 입술을 다시며 마른침을 삼키게 된다.

이는 긴장을 했기에 자신도 모르게 긴장을 풀기 위한 행동이 나오는 것이다.

하지만 지금 이야기를 하면서도 진혁은 전혀 그런 행동을 하지 않으면서 눈에는 힘이 넘쳤다.

뭔가 결심을 했을 때 보이는 전형적인 모습.

진혁의 결심을 본 성환은 고개를 끄덕였다.

"알았다. 지금처럼만 하면 네 동생에 대한 나의 마음도 풀어질 때가 있을 것이다."

"알겠습니다."

느닷없는 성환의 말에 진혁은 얼른 대답했다.

솔직히 진혁은 자신의 동생 종혁에 대한 생각을 하지도 못하고 있었다.

어떻게 보면 진혁에게 성환은 원수나 다름없다.

어찌 되었던 아버지를 죽이고, 또 동생을 장애인 아닌 장애인으로 만들어 버리지 않았는가?

하지만 그것이 모두 인과응보란 것을 알고 있고, 또 성환의 무서움을 잘 알기에 반발하지 못하며 그의 뜻에 따라 지금에 왔다.

물론 그 때문에 지금의 위치에 오르는 영광을 얻기도 했지만, 마음속으로 많은 갈등을 하고 있었다.

특히나 일과를 마치고 집에 들어갈 때면 참 힘들었다.

작은 충격에도 심한 고통을 호소하는 종혁의 목소리를 듣고 있는 것은 정말이지 진혁을 불안하게 만들었다.

언제 자신도 동생처럼 될지 모른다는 불안감은 진혁에게 심각한 스트레스 요인이었다.

그런데 지금 모든 일의 근원인 종혁을 용서해 주는 것은 물론이고 다시 정상으로 만들어 줄 수도 있다는 말을 하는 성환을 자신도 모르게 쳐다보았다.

그런 진혁의 모습에 다시 한 번 말을 했다.

"네가 어떻게 생각하고 있건 난 상관하지 않는다. 전에도 말했다시피, 내가 네 동생과 아버지에게 한 행동에 난 추호도 후회가 없다. 그들이 나와 내 가족에게 했던 것에 대한 당연한 응보다. 만약 내가 힘이 없었다면 그렇게 하지 못했고, 또 네 아버지와 동생이 힘이 없었다면 내 조카와 누님에게 그렇게 하진 못했을 것이다."

성환이 하는 이야기를 들으며 진혁은 조용히 성환이 하는 이야기만 들었다.

이 순간 자신이 어떤 말을 하건 그건 답이 될 수 없다는 것을 잘 알고 있는 때문이다.

아버지를 죽인 성환을 원망한다고 해서 상황이 바뀌는 것이 아니다.

관계만 악화될 뿐이란 것을 알기에 또 처음 성환이 자신을 찾아와 그런 이야기를 했을 때, 그리고 그와 손을 잡았을 때 이미 자신에게 선택지는 없었다.

한때 만수파의 힘에 취해 반항을 해 보았지만 그건 자신의 한계만 깨닫게 하였다.

그리고 오늘 위기의 순간 자신을 구했던 그 경호원들의 능력을 보며 진혁은 영원히 눈앞에 있는 성환의 그늘에서 벗어날 수 없다는 것을 알았다.

2.
오판의 대개(代價)

금련방 한국지부장 권문갑은 발등에 불이 떨어져 정신을 차릴 수가 없었다.

비록 많은 인원이 만수파의 두목을 잡으러 갔다곤 하지만 일이 이렇게 허무하게 끝날 줄은 몰랐다.

행동 대장인 진은 폐인이 되어 돌아왔고, 그가 데려간 부하들은 모두 본국으로 추방이 되었다.

부하들은 불법 무기 소지와 폭력 조직 형성에 관한 법률 위반, 그리고 기물 파손 등 갖가지 죄목을 달아 국외로 추방이 되었다.

다만 무슨 이유에선지 모르지만 진만은 추방이 아닌 자신에게 넘겨졌다.

"어떻게 된 일이냐?"

부하들은 추방이 되었는데 진만 돌아왔기에 물어본 것이다.

"음……."

진은 두목의 질문에 바로 대답을 하지 못하고 신음을 흘렸다.

그가 신음을 흘린 것은 만수파에 붙잡혀 폭행을 당한 것이 생각났기 때문이다.

그 어떤 고문보다도 자신을 두렵게 했던 그자의 모습이 생각나 자신도 모르게 신음을 흘렸다.

이제 자신의 몸은 더 이상 이 생활을 할 수 없을 정도로 망가져 버렸다.

다년간 단련했던 근육도 너덜너덜해져 정상이 되기까지는 얼마의 시간이 더 걸릴지 장담할 수 없었다.

물론 그것도 조직에서 자신을 그냥 놔두었을 때의 일이다.

분명 일의 실패에 대한 책임을 물을 것이 분명했기에 진의 눈에는 이미 모든 것을 포기한 사람처럼 빛이 죽어 있었다.

하지만 그렇다고 지금 두목이 물어 오는데 아무런 대답을 하지 않았다가는 권문갑의 성격상 자신뿐 아니라 남은 가족까지 위험해질 수 있어 바로 대답을 했다.

"만수파는 저희가 아는 것과 다른 조직이었습니다."

"그건 또 무슨 말이야?"

진의 말에 권문갑은 더욱 의문이 들었다.

만수파는 서울에서 작은 구역 두 곳을 관리하던 조직이다.

자신이 알기로는 정치권과 연관이 있는 조직이어서 겨우 강남의 노른자위 두 곳에 자리를 튼 것이지, 무력을 놓고 보면 그 밑에 있던 진원파나 다른 조직보다 강하다 볼 수 없는 그런 조직이었다.

그런데 뭐가 잘못 알고 있었다는 것인지 권문갑은 알 수가 없었다.

"만수파에는 저희가 파악하지 못한 고수들이 많았습니다."

"고수?"

"예, 사실……."

진은 자신이 만수파 두목인 최진혁이 간부들과 파티를 하려던 장소를 습격했을 때의 상황을 자세히 설명을 하였다.

진이 데려간 이들은 지부에서도 최정예였는데, 그들이 별 힘도 써 보지 못하고 순식간에 제압이 되었다는 이야기를 했을 땐 권문갑도 입을 다물지 못했다.

뿐만 아니라 단 4명이 자신을 포함한 10명의 정예를 쓰러뜨렸다는 말을 하면서도 그때의 일이 생각났는지 진은 몸을 부르르 떨었다.

"그런데 그들이 왜 너만 돌려보내고, 부하들은 경찰에 넘긴 것이지?"

그렇다, 권문갑이 알고 싶은 것은 바로 이것이었다.

부하들은 모두 경찰에 넘겨져 갖가지 죄목을 달아 추방이 되었는데, 진만 방으로 돌아왔기에 그것이 궁금했다.

그런 권문갑의 물음에 진은 다시 한 번 한숨을 쉬고 대답을 했다.

"휴, 그들이 절 놓아 준 것은 그들의 말을 전하기 위해섭니다."

"뭐! 말을 전하기 위해서라고? 그래, 그들이 내게 무슨 말을 전하라 했지?"

권문갑은 혹시나 대범파가 했던 거래를 자신들이 하겠다는 말인가? 하는 기대를 가지고 진에게 물었다.

하지만 진이 한 말은 전혀 그의 바람과는 정반대의 말이 튀어나왔다.

"그들이 전한 말은 죽기 싫으면 한국 땅을 떠나라, 입니다."

"뭐?!"

권문갑은 진의 말을 듣고 기가 막혔다.

감히 금련방에게 누가 나가라 마라 명령을 했다는 것이 너무도 기가 막혀 화도 나지 않았다.

세계적 폭력 조직인 삼합회 내에서도 독하기로 소문나

자신들을 함부로 건들지 않는데, 일개 소국의 조직이 감히 자신들에게 이 땅을 떠나라는 말을 한다는 것이 어이가 없었다.

"감히 그것들이 제정신이 아니군!"

당연 권문갑은 진의 말에 이렇게 중얼거렸다.

확실히 한국의 조직들은 자신이 생각하기에 간들이 많이 부어 있다는 생각이 들었다.

겨우 일개 지부의 몇 명을 이겼다고 너무 기고만장하는 것 같은 생각이 든 권문갑은 안 되겠다는 생각이 들었다.

그냥 이대로 두었다가는 많은 사람들에게 손가락질을 받을 것 같다는 생각에 진에게 지부에 남아 있는 형제들을 모두 부를 것을 명했다.

"지부에 비상을 걸어라! 내가 직접 그들을 징치하겠다."

"안 됩니다."

권문갑의 지시에 진은 거부의 말을 하였다.

이는 방의 방침에 어긋나는 일이었지만, 진은 어떻게든 방의 형제들을 보호하기 위해 지부장인 권문갑의 말을 거부했다.

"뭣이라고? 안 돼?"

"예, 현재 지부에 남아 있는 전력으로는 그들을 어쩌지 못합니다."

"뭐라고?"

권문갑은 진의 말에 깜짝 놀랐다.

아무리 이곳이 지부라고 하지만 지부에는 고수들이 많았다.

금련방에는 무술의 고수들이 참 많았다.

특히나 한국은 총기 규제가 심한 나라이다 보니 방에서도 이를 감안해 다른 지부들 보다 무술의 고수들을 많이 파견했다.

그런데 이런 지부의 전력을 누구보다 잘 알면서도 진이 상대가 되지 않는다는 말을 했을 땐 적이 그만한 전력을 가지고 있다는 말이었다.

"방금 뭐라 했지? 다시 한 번 말해 봐라! 우리가 안 된다고 했나?"

"그렇습니다. 비록 제가 데려간 이들이 10명뿐이 안 되었지만, 모두 조직의 최정예들이었습니다. 형님도 그들이 그동안 어떤 훈련을 했는지 잘 아시지 않습니까?"

"음."

"그런데 그들이 단 4명에게 제압이 되었습니다. 그것도 초반에 단 2명에게 밀려 4명이 쓰러져 뒤로 밀리는 상황에서, 뒤늦게 합류한 그들에게 얼마 지나지 않아 제압됐습니다."

권문갑은 진의 말을 듣고 경악했다.

처음 4명에게 들었을 때, 그저 기습과 행운이 겹쳐 자신들이 불리한 싸움을 해 졌다고 생각했는데 그것이 아니란 말에 놀라지 않을 수가 없었다.

"자세히 말해 봐!"

권문갑은 진에게 조금 전과 다르게 진지한 표정으로 인상을 구기며 말을 했다.

"제가 판단하기론 그들 개개인이 형님과 비슷한 실력들이었습니다."

진은 지금 생각해 보니 그들의 실력이 자신을 뛰어넘었다는 것을 깨닫게 되었다.

그리고 비록 권문갑과 비슷한 실력이라고 말을 하긴 했지만, 그건 전적으로 그가 자신의 윗사람이기에 존중하는 의미에서 그리 말을 한 것이고, 자신을 제압한 그들의 능력이나 자신을 고문하던 그 사내의 실력을 보면 그 이상이란 생각이었다.

그렇지만 그런 말을 한다고 해서 권문갑이 자신의 말을 곧이곧대로 믿을 것이란 생각을 하지 않았기에 그리 말을 한 것이다.

자신에 대한 자부심이 강한 권문갑의 성격을 잘 아는 진은 그런 식으로 만수파에 대한 우려를 알렸다.

이 말을 알아듣고 대처를 한다면 그만큼 지부의 피해가 적을 것이고, 그렇지 않는다면 큰 피해를 입고 한국에서 철수를 해야 할지도 모른다는 생각을 했다.

진이 결코 허튼소리를 하지 않는다는 것을 잘 알고 있기에 이야기를 모두 들은 뒤 눈을 감고 고민에 빠졌다.

'진의 말대로라면 만수파가 결코 쉬운 상대가 아니란 소린데……. 아무래도 방에 고수를 초빙해 와야겠군.'

눈을 감고 고민을 하던 권문갑은 결국 지금의 전력으로는 만수파를 손보지 못한다는 판단을 내렸다.

붙잡은 진을 풀어 주고 그런 경고를 했을 정도라면 자신들을 상대할 자신이 있다는 소리였다.

단 4명으로 지부 최정예 10명을 포함한 홍권의 고수인 진까지 제압할 수 있는 자가 만수파에 많다는 것이 권오갑을 신중하게 만들었다.

그래서 권오갑은 본토에 있는 금련방에 연락을 해, 방에 있는 고수를 불러 올 생각이었다.

비록 세상이 바뀌며 칼과 창과 같은 냉병기의 시대에서 총과 대포와 같은 화기의 시대로 바뀌면서 무술에 대한 가치가 많이 떨어졌다.

오랜 시간을 피땀을 흘려 수련을 한 고수도 총을 이길 수는 없었기 때문이다.

하지만 금련방은 이런 시대에 역행을 하듯 무술을 고련하였다.

그렇다고 총기를 배제한 것은 아니었다.

신체의 발달은 빠른 판단과 아무리 어려운 상황에서도

냉철함을 가지게 하였다.

그렇기 때문에 금련방은 현대 무기인 총기와 구시대의 유물인 무술을 동시에 수련하였다.

그런 방주와 장로들의 판단은 틀리지 않았다.

그렇게 다른 사람들의 눈에는 시대에 역행하는 것처럼 보였지만, 금련방은 뒤늦게 흑사회에 뛰어들었으면서도 지금의 성세를 이룰 수 있었다.

다년간 무술 수련으로 단련된 육체의 힘과 독기로 뭉친 그들에게 총이라는 신문물이 더해지자 그 효과는 대단했다.

하지만 역시나 금련방도 태생이 무술 집단이 이민족으로부터 나라를 찾겠다는 비밀 결사에서 발원한 조직이다 보니 방 내부에 높은 자리는 이렇게 무술이 고강한 이들이 차지하게 되었다.

그래서 지금 권문갑은 지부의 힘이 부족하다면 방파에 도움을 청하는 것이 절대 흠이 아니란 생각이 들었다.

자신이 지부장이긴 하지만 본토에는 자신보다 강한 고수들이 많으니 그들이 도와준다면 충분히 만수파를 거꾸러뜨릴 수 있을 것 같았다.

하지만 권문갑은 진의 경고를 듣기는 했지만 100% 신뢰하고 있지 않았다.

한국이라는 작은 나라에 진을 쓰러뜨릴 수 있는 고수가 있다는 것이 놀랍기는 하면서도 그저 놀랄 뿐이지 그 이상도 이하도 아니었다.

"앞으로의 계획은 내가 알아서 할 테니 넌 이만 돌아가 봐라."

이미 폐인이 된 진은 더 이상 지부에 필요가 없기에 이 기회에 진을 본토로 보내기로 결정을 했다.

이는 그동안 자신을 보좌하던 진을 자신의 손으로 처분 하지 않아도 된다는 생각에 선심을 쓰듯 그런 지시를 하는 것이다.

"알겠습니다."

권문갑이 어떤 생각으로 자신에게 그런 말을 했는지 짐 작을 할 수 있었던 진은 권문갑의 말에 별다른 말을 하지 않고 간단하게 대답을 했다.

어차피 자신은 더 이상 조직에 필요가 없어진 몸이기에 반항이라 그 어쩐 저항도 하지 않고 수긍을 했다.

진이 밖으로 나갈 때, 권문갑은 급히 중국에 전화를 걸고 있었다.

◈　　◈　　◈

한국당 당사는 지금 침통한 표정이 역력했다.

이번 총선은 사실상 실패나 마찬가지 결과가 나왔기 때 문이다.

비록 과반수를 차지하긴 했지만, 앞으로 법안 통과를 위해선 다른 정당과 협의를 해야만 했기 때문에 사실상 실패나 마찬가지였다.

정권 초기만 해도 한국당의 인기는 대단했다.

불안한 안보와 불경기로 인한 서민 경제를 잡겠다는 대통령의 의지를 기반으로 강력한 법안들을 통과시키면서 어느 정도 성과를 보이는 듯했다.

하지만 시간이 지나며 통과시켰던 법안들의 폐해가 나타나면서 그 인기는 식어만 갔다.

다행이라면 그래도 많은 지지자들이 남아 있어 절반의 좌석을 확보했다는 것뿐.

그렇지만 현재 상태가 지속이 된다면 어쩌면 다음 대선 때 정권이 바뀔지도 모르기에 많은 한국당 의원들의 표정이 좋지 못했다.

만약 과반수 이상을 차지하기만 했어도 대선에 대한 걱정을 하지 않았을 것이다.

하지만 결과는 그러지 못했기에 결과를 받아들여야 함에도 이번 총선에 대한 책임론이 대두되고 있었다.

"이번 총선의 결과에 대해 할 말씀들이 없습니까?"

당내 소장파(少壯派) 의원의 수장인 박인제 의원이 당 지도부를 보며 소리쳤다.

박인제 의원은 비록 이제 겨우 50대 초반의 젊은 의원.

하지만 그렇다고 해도 벌써 3선이나 한 중견 국회의원으로, 당 내에서는 김병두 의원과 함께 당을 짊어지고 갈 차세대 기수로 보고 있었다.

더욱이 그를 따르는 젊은 의원들이 많기에 지도부라도 함부로 그를 대할 수가 없었다.

그렇기에 지금 박인제 의원은 이번 기회에 당의 권력을 장악하고 있는 노장파(老壯派) 의원들을 압박해 권력을 분배받으려는 심산이었다.

사실 이번 총선이 이런 결과를 나타내지만 않았다면 감히 이 자리에서 당 지도부를 성토하지 못했을 것이다.

그렇지만 이미 선거 결과는 이렇게 나타났으니 책임론이 대두되는 것은 당연한 결과였다.

당 내에서는 이미 여론이 형성이 되었기에 당 지도부가 책임지고 사퇴해야 한다는 목소리가 강하게 흘러나오고 있었다.

이 때문에 다른 지도부 의원들은 물론이고 김한수 의원도 심각하게 인상을 구기고 있었다.

사실 김한수 의원은 이번 총선이 성공적으로 마무리되면 자신이 가졌던 권력을 자신의 아들인 김병두 의원에게 이양하려고 했었다.

이미 자신의 나이도 있고 해서 더 이상 국회의원으로 일을 할 수가 없었다.

자신의 나이도 어느덧 80이 가까워지고 있으니 오래 전부터 자신에 대한 퇴진이 당 내에 떠돌고 있었다.

하지만 그런 소문은 자신이 가진 영향력을 이용해 억누르고 있었는데, 이번 선거 결과 때문에 다시 수면 위로 떠올랐다.

다행이라면 자신의 아들인 김병두가 이번 선거에서 당선이 되었다는 것이다.

만약 그렇지 못했다면 자신의 집안이 받아야 할 후폭풍이 심각했을 것이 분명했기 때문이다.

사람의 인심이 어떻다는 것을 누구보다 잘 알고 있는 김한수이기에 심각하게 고민하지 않을 수 없었다.

"이번 선거는 전적으로 당 지도부의 지도 실패로 이런 결과가 나왔습니다."

"아니, 그게 무슨 말도 되지 않는 소립니까? 당은 지원해 줄 만큼 지원해 줬습니다."

"지원해 주긴 뭘 지원해 줘! 이번 선거 실패는 지도부에서 지원을 재대로 못해 줬기에 이리된 것이오!"

"뭐야?! 너희가 못해서 낙선한 것을 어디 와서……."

"뭐?! 입에서 나오면 다 말인 줄 알아!"

한국당 당사는 의원들 간 서로 책임 추궁과 책임 전가로 시끄러워지더니 고성은 물론이고, 집기마저 날아다니는 사태가 벌어졌다.

고성과 비방의 결과는 빤했다.

같은 당에 소속되어 있지만, 이미 이들은 나라의 일 보다는 자신의 권력에 눈이 뒤집힌 이들이다 보니 서로 멱살잡이를 하며 폭력을 휘두르기 시작했다.

며칠째 비슷한 양상이 계속되고 있었지만 좀처럼 나아질 기미가 보이지 않았다.

그도 그럴 것이 서로 양보란 없는 정치인들이라 그 합의점을 찾을 수가 없었다.

정치인들에게 양보란 전투에 지는 것이기 때문에 한 발자국도 물러나지 않았다.

정치인들이 합의를 보려면 누군가는 자신이 가진 것을 양보를 해야 한다.

하지만 어느 누가 자신의 이익을 내려놓으려 하겠는가? 그러다 보니 이렇게 시끄러울 수밖에 없었다.

그런데 아이러니하게도 이런 소란이 정작 김한수 의원에게 시간을 제공하고 있었다.

만약 박인제 의원의 주장대로 빠르게 처리가 되었다면 한국당은 빠르게 당정을 개편하고 앞으로의 일을 추진하기 위해 노력을 했을 것이다.

그렇게 되면 김한수 의원은 기존에 가졌던 권력을 내려놓을 수밖에 없었을 것인데, 이렇게 소장파와 노장파 간의 갈등으로 소란스러워지자 지도부에 속한 이들의 처우에 관해선 서로 다툼만 있을 뿐이지 어떤 결과를 내놓지 못하고 있었다.

이것이 한국당에게는 마이너스 적 요인으로 작용할 것이지만, 김한수 의원이나 그를 따르는 파벌에게는 시간을 벌어 주는 결과를 야기했다.

"이 의원, 회의 끝나고 잠시 내 방에서 이야기 좀 합시다."

김한수는 한참 떠들고 있던 박인제 의원을 보다가 자신과 조금 떨어져 있는 이상덕 의원을 보며 작게 말을 하였다.

한편 이상덕 의원은 자신의 옆에 있던 의원과 이야기를 하고 있다 갑자기 들린 김한수 의원의 목소리에 고개를 돌리며 그를 쳐다보았다.

'무슨 일이지?'

이상덕은 김한수가 자신을 부른 것에 이상한 생각이 들었다.

이제는 그도 물러나야 하기 때문에 자신을 부를 처지가 아니었다.

비록 아직까지는 당 내에 그 영향력이 남아 있고, 또 그의 아들이 이번 총선에서 당선이 되었으나 예전의 그런 권력을 휘두를 수는 없었다.

그런데 무엇 때문에 자신을 부르는 것인지 알 수가 없어 궁금해지기 시작했다.

◈　　◈　　◈

"잘 보내 줬겠지?"

"예."

"경고는?"

"그것도 잘 말해 뒀습니다."

성환은 진혁의 사무실에 들여 누군가에 대한 이야기를 하였다.

두 사람이 이야기하는 사람은 바로 얼마 전 진혁을 납치하기 위해 파티 장소를 습격했다가 진혁과 용성의 경호를 위해 성환이 붙여 둔 KSS의 경호원들에게 붙잡힌 진을 말하는 것이었다.

"그런데 굳이 그들을 추방할 것이 있었습니까?"

"그럼?"

"뭐, 그놈들이 이 땅에서 했던 그대로 돌려줘도……."

"뭐야?! 그걸 말이라고 하는 것이냐!"

진혁은 자신의 이야기를 듣고 있던 성환이 불같이 화를 내자 깜짝 놀랐다.

무엇 때문에 그렇게 화를 내는지 이해가 가지 않았던 것이다.

성환의 성격상 그런 놈들을 그냥 돌려보냈다는 것이 오

히려 이해할 수 없었다.

하지만 성환은 다르게 생각하고 있었다.

그놈들이 인신매매와 장기밀매를 한 것은 용서할 수는 없었지만, 자신의 품에 들어온 만수파나 다른 조직원들이 그와 같은 일을 하는 것이 싫었다.

그래서 철저하게 그와 같은 반인륜적인 행위는 아예 막았다.

만약 그런 일을 하다 걸린다면 죽지도 살지도 못하게 만들겠다는 경고까지 해 두었다.

그 예로 진혁의 동생인 최종혁의 예를 들어 주었다.

성환의 말을 할 때 그 옆에 있던 진혁은 자신도 모르게 몸을 떨었다.

매일 동생의 비명을 들어야 하는 그로서는 직접적인 고통의 강도는 모르나 그 처절함만은 여실히 느낄 수 있었다.

그런 경고를 했던 성환이 왜 중국인들은 풀어 주었는지 알 수 없어 물어본 진혁은 조금 두렵긴 했지만 자신의 궁금증을 참을 수 없어 다시 한 번 물었다.

"전에 교관님께서 그러시지 않으셨습니까? 반인륜적인 범죄를 저지른 조직원은 죽지도 살지도 못하게 만들겠다고 말입니다. 그런 말씀을 하셨던 교관님께서 그놈들을 풀어 준 것이 너무도 궁금해서······."

진혁의 말을 듣고 있던 성환은 진혁이 무슨 말을 물어 오는지 그제야 깨닫고 차분히 말을 했다.

"전에도 말을 했다시피, 난 너희가 그런 일을 하지 않았으면 한다. 내가 너희 조직에서 자꾸 조직원들을 차출하는 것은 그런 이유에서이다. 언제까지 깡패로 살아갈 수는 없는 일 아니냐?"

성환은 진혁에게 앞으로의 일을 말을 하며 잠시 진혁을 쳐다보았다.

하지만 자신을 보는 성환을 보며 진혁은 그의 의도를 모르겠기에 아무런 말도 하지 않았다.

처음 자신을 찾아왔을 땐, 전국 제패를, 이번엔 이런 생활을 언제까지 할 것이란 말을 하자 너무도 혼란스러웠다.

성환이 생각하는 그림이 뭔지 알 수가 없어 어느 장단에 맞춰야 할지 몰라 더욱 그러했다.

"어차피 어느 사회나 이런 쪽의 세력은 생겨난다. 오래 전부터 그러했지."

성환은 잠시 말을 멈추고 뭔가 생각을 하는 듯했다.

그래서 진혁도 성환이 생각을 끝내고 자신에게 확실한 이야기를 해 주길 기다렸다.

한참을 생각하던 성환은 다시 진혁을 돌아보며 이야기를 계속했다.

"난 네가 거느린 만수파가 그냥 그런 깡패가 아닌, 미국의 마피아들처럼 되었으면 한다. 비록 더러운 일이지만 투명하게 경영을 하고, 불쌍한 이들의 뒤를 봐줄 수 있는 그런 조직 말이다."

뭔가 앞뒤가 맞지 않는 말이지만 진혁은 성환의 이야기를 들으며 뭔가 스치고 지나가는 것이 있었다.

아니, 뭔가 그의 가슴속 깊은 곳에 숨겨진 뭔가를 두드렸다는 표현이 맞을 것이다.

그냥 돈이나 더 벌겠다고 불쌍한 이들을 등치는 그런 양아치 같은 조폭이 아닌 큰 그림을 그리는 건달이 되라는 말이었다.

전에도 그랬지만 성환의 말을 듣고 있으면 그동안 자신이 지향하던 것이 건달인지 양아치인지 반성을 하게 만들었다.

"너희들이 그랬지, 썩은 놈들의 뒤치다꺼리를 하기 때문에 어쩔 수 없다고?"

"……?"

"난 그 썩은 놈들을 처리하는 데 너희의 힘을 이용할 것이다. 너희에게 더러운 오물을 뒤집어쓰게 하면서 홀로 고고한 척하는 그놈들을 단죄하기 위해 너희를 키우는 것이다."

진혁은 성환의 이야기를 들으면 들을수록 뭔가 끓어오르는 것이 있었다.

아직은 뭔가 확실하게 떠오르지 않지만 성환의 이야기를 듣고 있노라면 사나이의 가슴을 울리는 무언가 있음을 절실히 느꼈다.

"그러기 위해선 그들에게 빌미를 줘서는 안 된다. 우리가 작은 약점을 가지게 된다면 그들은 자신들이 가진 작은 권력으로 우리를 망치려 들 것이다."

"알겠습니다. 그런 점 가슴깊이 새기고 밑에도 잘 전달하겠습니다."

진혁은 성환의 생각을 어느 정도 알게 되자 자신도 모르게 새로운 포부가 생겼다.

어렸을 때 보았던 영화의 한 장면이 머릿속에 떠올랐다.

마피아 두목에게 자신의 고민을 상담하고 감사의 눈물을 흘리던 어떤 사람의 모습이 떠오른 것이다.

두목이 지날 때면 노점을 하는 서민들이 물건을 바리바리 싸며 인사를 하는 모습은 결코 잊을 수가 없었다.

비록 지금 자신이 장악하고 있는 구역의 노점상들도 비슷한 행동을 하는 이도 있었다.

하지만 그들의 표정과 영화 속에서 보았던 그들의 표정은 정반대였다.

현실에서는 절대로 그런 표정이 나오지 않았다.

억지로 마지못해 챙기는 모습이 역력한데 어떻게 고마움이 묻어나겠는가?

영화 속 서민들은 마음에서 우러나 자신의 것을 받치며 기뻐했다.

그런데 자신도 그렇게 되라는 성환의 말을 듣고 왠지 기뻤다.

"너도 그렇게 되도록 노력을 해라!"

"예."

성환은 진혁에게 그냥 그런 조폭 두목이 아닌, 영화 대부에 나오는 그런 두목이 되라는 말을 하고 그의 사무실에서 나왔다.

◈　　◈　　◈

인천 국제 공항, 동북아의 허브 공항으로 자리매김을 한 이곳에 참으로 특이한 사람들이 출구에서 나오고 있었다.

마치 중국 사극에 나오는 청나라 시대의 남자들 마냥 변발을 하고 있어 내국인은 물론이고, 한국에 들어오는 외국인들도 그들을 구경하기 바빴다.

그리고 몇몇 젊은이들은 그런 신기한 모습에 휴대폰을 들어 촬영을 하며 자신의 옆에 있는 친구들과 이야기를 주고받았다.

아마도 시대에 맞지 않는 머리 스타일 때문에 그런 듯 보였다.

확실히 각자 개성이 있는 것이긴 하지만 그래도 변발은 현실에서 보기 힘든 머리 스타일이기도 했기에 사람들의 관심을 끌기 위한 노력이었다면 그들의 100% 성공을 했다.

사람들의 시선을 모은 사람들 사이 이런 관심을 받는 것에 익숙하지 않아 얼굴을 붉히는 사람이 한 명 있었다.

그는 이번에 한국에서 열리는 세계 무술 축제에 참석하기 위해 중국에서 온 대표 중 한 명이었다.

"이거 봐요. 사형 때문에 사람들의 시선이 모두 우리에게 몰렸잖아요."

"하하하, 이게 다 우리를 알아보고 관심을 보이는 것이다, 사제!"

"우릴 저들이 어떻게 알아본다는 것입니까? 사형은 말이 되는 소리를 하세요."

변발을 한 사내들이 이야기를 하고 있는데, 그들의 호칭을 보니 아무래도 같은 소속의 사람들 같았다.

이들의 모습을 지켜보던 사람들은 사형이니 사제니 하는 이들의 말들 듣고 이들이 정말로 중국 무협 영화를 너무 봐서 머리가 어떻게 된 것은 아닌가 하는 생각마저 들었다.

하지만 이들의 정체는 확실히 무술을 하는 단체에서 파견된 이들이 맞았다.

변발이란 특이한 머리를 하고 입국한 이들은 중국에서도 유명한 아니 중국 무술을 소재로 한 영화를 한 번이라도 본 사람이라면 들어 봤을 정도로 유명한 곳의 제자들이었다.

바로 소림사에서 파견된 이들로 이들은 서울에서 열리는

세계 무술 축제에 특별 초빙된 사람들이었다.

사실 소림에서는 자신들의 제자들을 이런 곳에 잘 파견을 하지 않았었다.

하지만 올해는 소림사에서 어쩔 수 없이 제자를 파견할 수밖에 없었다.

소림에서 제자를 파견할 수밖에 없던 이유는 바로 매년 열리는 무술 축제에서 요 몇 년 중국에서 보낸 대표가 우승을 하지 못했기 때문이다.

무술의 종주국이라 자부하는 중국으로서는 우승을 하지 못한 것 때문에 자존심에 상처를 입었다.

그 때문에 중국 정부에서는 비록 민간 교류 차원에서 하는 세계 무술 축제지만 정부가 개입을 하여 훼손된 자존심을 찾아오길 원했다.

그래서 궁리 끝에 소림사에 의뢰를 한 것이다.

고래로 모든 무술은 소림에서부터 나왔다고 할 정도로 소림은 중국 내에서도 독보적인 위치를 가지고 있었다.

이는 무술을 하는 이들만이 그런 생각을 가지고 있는 것이 아닌, 중국인 모두가 그런 생각을 하고 있었다.

그랬기에 비록 중국의 대표로 나간 이들이 무술 대회에서 우승을 하지 못했다고 해도 심적으로 위안을 받을 수 있었다.

소림이 나서지 않았기에 그런 것이라고 말이다.

그런데 이런 생각들이 몇 년간 계속 이어질 수는 없는 일이었다.

하다못해 속국이라 생각하는 한국에서도 우승자가 나왔고, 또 미개하고 무식한 쪽발이라 무시하는 일본인들 속에서도 우승자가 나왔다.

하지만 유독 요 몇 년 중국인 중에 우승자가 나오지 않았다.

더욱이 이전 우승자들 중, 중국 출신 우승자들이 출전한 대회에서도 상위 입상은 있어도 우승자는 매번 다른 나라가 차지했다.

이런 처지에 소림도 정부의 요청을 거부할 수만은 없었다.

많은 무술 방파들이 정부의 탄압을 받았을 때에도 소림만은 그런 탄압을 비켜 갔다.

소림이 그런 탄압을 비켜 갈 수 있던 원인은 그 모든 것이 중국인들 핏속에 간직된 소림에 대한 신앙 때문이다.

무술 방파를 탄압하던 정부 당국마저 소림에 대한 신앙은 절대적인 것이라 감히 어떻게 할 수가 없었다.

만약 소림에 대한 어떤 제재를 했다가는 인민들이 들고 일어날 것이기에 감히 정부도 소림만은 건들이지 못했다.

그런데 인민의 자존심에 심각한 타격을 입었는데, 소림에서 이런 것을 해결해 주지 못한다면 그동안 소림이 누리던 위상이 흔들릴 것이 불을 보듯 빤했다.

그래서 소림의 방장 료료대사는 특별히 제자들을 파견하

였다.

물론 소림사 직계 제자가 아닌 외문의 제자들 중에 무술 대회에 파견을 하였다.

소림사 직계 제자들은 고대에 잃어버린 무술을 복원하기 위해 연구를 해야 하기에 외문의 제자들이 나설 수밖에 없었다.

사실 소림은 숨겨진 곳과 외부에 공개를 하고 보여 주는 곳이 따로 있었다.

외부에 공개된 곳은 돈만 있으면 외국인도 소림의 무술을 배울 수 있는 곳이기도 했다.

많은 외국인들이 소림의 환상을 가지고 왔다가 단기간 무술을 배우고 가기도 한다.

이런 관광 수입을 가지고 소림사를 운영하고 또 비전들을 연구하는 것이다.

물론 정부에서 소림을 지원하는 금액이 따로 있어 이번 처럼 부탁을 들어주기도 하고 말이다.

아무튼 중국에서 출발한 중국 대표들이 이렇게 인천 공항에 입국을 한 것 때문에 일대가 잠시 혼잡해졌다.

특이한 모습의 이들을 구경하기 위해 사람들이 몰렸기 때문이다.

◈　　◈　　◈

이번 세계 무술 축제에 참여하게 된 양명은 대회 운영진에서 잡아 준 호텔에 머물고 있었다.

양명은 호텔 발코니에서 서울의 야경을 보며 생각에 잠겼다.

그는 처음 인천 공항에서 사람들의 관심을 모은 것 때문에 창피해 하던 모습은 간데없고, 심각한 표정으로 무언가 생각을 하고 있었다.

양명이 이렇게 심각한 표정을 하는 것은 다름이 아니라 조금 전 중국에서 걸려 온 전화 때문이었다.

—한국 지부장이 도움을 청했다. 네가 가서 그의 고민거리를 해결해 주기 바란다.

"저 혼자 말입니까?"

—아니, 방에서 철사대(鐵獅隊)가 널 지원할 것이다.

"철사대가 온다면 굳이 제가 필요한 것은 아니지 않습니까?"

—넌 누가 뭐라 해도 내 아들이다. 장차 내 뒤를 이어 방을 이끌어야 할 책임이 있다.

"아버지! 전 지금 이대로가 좋습니다."

—듣기 싫다. 잘하리라 믿는다. 나와 네 어미를 실망시키지 않기를 바란다.

"아버지!"

양명은 그동안 인연을 끊고 살았던 아버지의 갑작스런 연락에 당황했었다.

한 번도 아버지가 먼저 자신에게 연락을 하는 법이 없었다.

자신이 소림의 외문 제자가 되어 기숙사로 들어가면 몇 년간 외부 연락을 하지 못한다는 것을 알면서도 가는 날까지 자신에게 살가운 말 한마디 없던 분이었다.

그런데 그런 아버지가 먼저 자신에게 연락을 했다는 것이 놀라웠다.

그것도 국제 전화로 말이다.

전화로 어떤 말을 할까? 내심 기대를 하며 전화를 받았다.

그런데 들려 온 말은 너무도 사무적인 말이었다.

방의 일에 자신보고 도우라는 말을 하였다.

사실 양명이 소림의 외문 제자로 들어간 것은 전적으로 아버지의 일을 돕지 않기 위해 들어간 것이었다.

아버지 양창위가 하는 일이 정상적인 일이 아닌 흑사회의 일이란 것을 알고부터 양명에게 아버지란 존재는 숨겨야 할 존재였다.

어린 시절 많은 사람들이 아버지에게 머리를 조아리는 모습에, 그리고 자신에게 친절한 것에 아버지를 존경했었다.

하지만 그런 존경심이 산산조각이 난 것은 얼마 지나지 않아서였다.

우연히 보게 된 아버지의 정체는 꿈에도 보기 두려운 잔인한 사람이었다.

어제까지 자신에게 웃으며 당과를 사 주던 친절한 아저씨를 잔인하게 죽이는 모습을 훔쳐보게 된 뒤로 아버지는 양명에게 두렵고, 숨기고 싶은 존재가 되었다.

그래서 어머니를 부탁해 소림사 외문 제자 모집에 자원했다.

비록 많은 기부금을 내고 들어가긴 했지만 후회는 없었다.

두려운 아버지로부터 벗어날 수 있다는 일념에 그런 것은 머릿속에 들어오지 않았다.

그리고 그렇게 5년을 소림 외원에서 수련을 하면서 집과 인연을 끊고 지냈다.

5년 동안 아버지로부터 연락도 없었다.

그런데 5년 만에 연락을 한 아버지로부터 양명이 들은 이야기는 잘 지냈느냐? 건강하냐는 말이 아닌 아버지가 하는 방의 일을 대신 하라는 말이었다.

그리고 그때서야 양명은 어머니로부터 받았던 돈이 아버지가 준 것이란 것을 알게 되었다.

소림외원에 들어가기 위해 내야 했던 기부금이나, 그 안에서 생활하며 사용했던 생활비 등 모든 비용이 아버지로부터 나온 것이었다.

그런 사실을 들었을 때, 적잖은 배신감마저 들었다.

자식에게 사용한 돈까지 들먹이며 자식을 흑사회로 끌어들이려는 아버지의 모습에 이전 보다 더 큰 반발심이 일었다.

하지만 아버지의 말을 거역할 수도 없었다.

말미에 아버지는 만약 자신의 말을 듣지 않으면 어머니가 힘들어진다는 협박까지 했던 것이다.

그것도 아들을 상대로 말이다.

그 때문에 양명은 벌써 1시간째 고민을 하고 있었다.

본토도 아니고 외국인 한국에서 일을 벌이려고 하는 것만 봐도 정상적인 일이 아닐 것이 분명했다.

특히나 철사대가 한국에 온다는 말을 들었을 때, 아마도 한국에서 피바람이 불 것이란 생각에 소림의 제자로서 갈등이 되었다.

금련방의 철사대는 양명도 소림에 있으면서 많이 들었다.

사실 소림 외원에는 많은 방파들의 제자나 자제들이 자신처럼 기부금을 내고 무술을 배우기 위해 들어온다.

물론 그들의 가문에도 기본 무술이 있기는 하지만, 일단 소림이란 간판도 무시 못할 무기였다.

뿐만 아니라 외원 제자로 있다가 자질을 인정받으면 내원의 제자로 발탁이 되는 행운도 얻을 수 있었다.

소림 내원 제자는 그 대우부터 달랐다.

이는 소림사 내부에서만 그런 것이 아니라 중국 내부에서도 마찬가지였다.

아마도 아버지는 이런 것을 알고 자신이 소림에 가는 것을 허락했을 것이 분명했다.

아무튼 외원에 있으면서 많은 사람들에게 무림에 관한 이야기를 들었다.

각 문파나 방들이 현대에 어떻게 변해 어떤 일을 하고, 어떤 사업들을 하고 있는지 자질구레하게 들었다.

고대와 다르게 현대의 무림 방파들은 각종 사업은 물론이고, 별의별 일을 다 하고 있었다.

소설에 나오는 백도(白道), 흑도(黑道)의 개념은 사라진 지 오래였다.

반청복명(反淸復明)의 기치로 문파들이 비밀 결사를 결성해 나라와 항쟁을 하면서 이들의 구분이 사라졌다.

시간은 사람은 물론이고 단체의 성격까지 변하게 만들었다.

오로지 한족 국가인 명을 다시 세우겠다는 일념으로 뭉쳤던 결사는 자신들의 이익을 위해 움직이는 단체로 변했다.

자신의 집안도, 또 자신에게 그런 이야기를 해 주는 동기의 집안도 모두 그렇게 변했다.

이런 생각을 하던 양명은 자신도 어쩔 수 없이 아버지의 뜻에 따를 수밖에 없다는 것을 깨닫게 되었다.

자신이 하지 않으면 또 다른 형제들이 자신이 하지 않은 일을 떠안아야 한다는 것을 깨달은 양명은 결심을 한 듯 밖을 향해 고함을 지르더니 실내로 들어갔다.

한편 뭔가 고민을 하는 것 같은 양명을 모습을 지켜보는 이가 있었다.

공항에서 양명과 이야기를 주고 받던 그의 사형.

소림은 외부에 알려진 것보다 더 많은 비밀을 간직한 곳이다.

양명의 사형인 진룡은 사실 외원의 제자가 아닌 소림 내원의 정식 제자였다.

진룡이 신분을 숨기고 외원에서 하는 일은 다름이 아니라 내원에 들어갈 만한 자질이 있는 제자를 찾는 일이었다.

그리고 진룡이 양명과 친하게 지내는 것은 양명의 자질이 우수하고 그 본성이 깨끗해 소림의 제자로서 모자라지 않았기 때문이었다.

그런데 조금 전 전화 한 통을 받더니 무언가 심각하게 고민을 하는 것을 보며 그를 주시하게 되었다.

내원으로 데려갈 제자를 뽑는 일을 하다 보니 외원에 입교한 제자들의 신상에 대해 누구보다 잘 알고 있었다.

양명의 출신이 금련방이란 흑사회 조직이라는 것을 알고 있는 진룡은 아무래도 그가 조직으로부터 뭔가 지시를 받아 그것에 대한 갈등을 하는 것이란 판단을 내렸다.

"네가 좋은 판단을 하기 바란다……."

진룡은 양명이 들어간 방을 보며 작게 중얼거리더니 자신의 방으로 들어갔다.

비록 이곳이 한국의 주최 측이 마련해 준 숙소이긴 하지만 소림의 제자로서 자부심이 강한 진룡은 한국에서 지정한 객실이 아닌 최상층 펜트 하우스에 체크인 했다.

진룡이 호텔의 한 개의 층 전부를 계약했기에 이번 세계 무술 축제에 참가하는 중국 대표들은 모두 펜트 하우스에 묶게 되었다.

소림의 부(富)는 상상하기 힘들 정도로 어마어마하기에 내원 제자인 진룡이 사용한 경비 정도는 충분히 그의 임의대로 사용이 가능했다.

◈　　◈　　◈

"감사합니다. 이번 기회에 그들이 차지한 구역을 저희가 차지하겠습니다."

권문갑은 본부에서 온 전화를 받으며 입가에 미소를 머금었다.

자신의 바람대로 방(幇)에서 무력 단체를 파견하기로 했다는 연락을 받은 때문이었다.

아무도 한국에서 벌어들이는 자금이 엄청나기에 한국의 중요성이 알려진 때문이라 생각했다.

확실히 그동안 자신이 벌어들여 방으로 송금한 금액을 따진다면 이런 대우는 당연한 것이다.

특히나 한류가 본토에 퍼지면서 한국 여자들에 관심을 가지는 부호들이 참으로 많았다.

예전에는 술집에서 빚을 진 여자들이나 밀거래 형식으로 중국으로 밀입국시켰었는데, 대범파가 직접 여자들을 엄선해 보내 주었다.

비록 방식은 그때나 지금이나 같았지만, 중국에 보내지는 여자들의 질이 달랐다.

물건이 더욱 질이 좋아지다 보니 더욱 찾는 이들이 늘어나고, 이렇게 한국의 중요도가 오르면서 자신의 위상도 올라갔다.

그 때문에 자신을 시기하는 이들도 많아지긴 했지만, 어느 곳이나 잘나가는 이를 시기하는 이들은 있기 마련이다.

권문갑은 그런 자들에게 뒷덜미를 잡히지 않기 위해 위에다 꼬박꼬박 상납을 하고 있었다.

그래서 이번에도 큰 위기가 닥쳤지만 그동안 갈고닦은 라인을 이용해 부족한 무력을 해결하였다.

금련방 내에서도 손가락에 꼽히는 무력 단체인 철사대를 지원받기로 했다.

비록 자신의 직접적 지휘를 받는 것이 아닌, 지원 형식이기는 하지만 그것이 어딘가?

철사대가 한국으로 온다면 아무리 만수파에 고수들이 많다고 해도 충분하리라 생각했다.

철사대의 총인원은 50명으로 이루어졌다.

그들은 무술은 물론이고 각종 무기를 다루는 데 탁월한 재능을 가지고 있었다.

특히나 한국과 같이 총기 규제가 심한 나라에서는 다른 무력대(武力隊)보다 철사대가 나았다.

오로지 무술과 무기술만 수련한 이들이기에 한국에서 조직간 전쟁을 하는 데 용이했다.

그랬기에 자신감에 취해 만수파를 협박해 예전 대범파가 하던 일을 대신하게 하겠다는 계획에서, 차라리 이참에 자신들이 만수파를 쳐 내고 그 자리를 차지하기로 작정을 한 것이다.

상급자와의 통화를 마친 권문갑은 철사대가 온다는 소식에 자신의 앞날이 장밋빛으로 물드는 듯한 상상을 하게 되었다.

주체할 수 없는 돈과 미녀들이 자신의 주위를 감싸고 있는 그림이 머릿속에 펼쳐졌다.

그런 상상을 하자 저도 모르게 입가에는 미소가 그려졌다.

3.
흔들리는 M & S 엔터테인먼트

서양 건설 김상수 전무는 위기에 봉착하였다.

그동안 자신의 뒤를 든든히 받쳐 주던 대범파가 사라지고 그 자리에 만수파가 자리 잡더니 이제는 자신을 추적하고 있어 그들의 손길을 피하기 위해 회사도 못 나가고 있었다.

"제길, 어떻게 안 거지?"

열심히 자신의 자가용을 몰며 자신을 추적하고 있는 자들을 피하기 위해 열심히 뒤를 확인하며 도로를 달리고 있다.

뒤를 확인한 김상수는 자신을 추적하던 자들이 타고 있던 차가 보이지 않자 외딴 모텔의 주차장에 차를 주차하고 안으로 들어갔다.

그동안 추적하던 손길에서 벗어나자 그제야 피로감이 몰려와 모텔에서 잠시 쉬어 가기로 하고는 모텔로 들어섰다.

물론 그가 모텔로 들어간 것은 피곤해 쉬려고만 하던 것은 아니었다.

일단 그동안 경과를 보고하고 또 자신의 안전을 확보하기 위해 다른 곳에 보호 요청을 해야만 했다.

◈   ◈   ◈

살그머니 눈을 떴다.

낯선 천장이 그의 눈에 들어왔다.

'이곳은 어디지?'

잠시 자신이 있는 곳이 어디인지 생각을 해 보던 김상수는 자신이 일어난 침대에서 낯선 기운이 느껴지자 옆자리를 확인해 보았다.

"으음……."

그의 옆자리에는 젊은 여성이 알몸으로 누워 있었다.

여자의 모습을 확인하자 어젯밤의 일이 확연하게 그의 머릿속에서 떠올랐다.

요 며칠 쫓기면서 긴장을 하다 오랜만에 추적자들을 따돌리고 여유가 생기자 그동안 쌓였던 스트레스를 풀기 위해 여자를 불렀던 것이 생각났다.

모텔에 들어와 가장 먼저 한 일은 자신이 다니는 회사인 서양 건설 사장인 이세건에게 전화를 하는 것이었다.

이세건이 시킨 일을 처리하다 일이 잘못돼 쫓기게 되었으니 일단 자신이 쫓기는 이유에 대해 보고를 하고 도움을 청하려고 전화를 했다.

하지만 이세건이 해 줄 수 있는 것이라고는 도피 자금을 지원해 주는 것 외에 도움이 되지 않기에 도피 자금은 부탁했다.

자신이 시킨 일을 하던 중이니 그 정도 도움을 줄 것이란 예상을 하고 연락을 했는데, 들려온 것은 황당한 소리였다.

"자네가 한 일을 왜 나한테 전가를 하려고 하나! 난 모르는 일이네!"

너무도 단호한 그의 말에 할 말을 잊고 말았다.

그의 태도로 봐선 아무래도 꼬리를 자르기 위한 것 같았다.

김상수는 그때 자신의 처지를 깨닫게 되었다.

명색이 서양 건설 전무이사란 타이틀을 가지고 있지만, 그건 모두 허상에 불과했다.

자신도 그들에겐 그저 그런 도구에 지나지 않았던 것이

었다.

그제야 진실을 알게 된 김상수는 현실을 피하기 위해 여자를 불러 밤새 여자의 몸을 탐했다.

이미 예전의 탄탄한 몸은 아니지만, 그래도 비슷한 또래들 보다는 관리를 잘했기에 40대 중반을 바라보는 나이면서도 아직까지 웬만한 젊은이들 못지않은 몸을 가지고 있었다.

자신이 버림받았단 생각에 그렇게 여자를 탐하고 또 탐했다.

이런 지방에 자신을 만족시켜 주는 여자가 있을 것이라고는 생각지 못했는데, 이곳에서 그런 여자를 만난 것이 행운이었다.

쫓기는 것만 아니었다면 첩으로 삼았을 것이란 생각을 하며 여체를 탐하다 잠이 들었던 것이 생각났다.

옆에 알몸으로 누워 있는 여자를 보니 다시 신체 일부가 반응을 보이지만, 여기서 더 시간을 지체할 수 없다는 생각이 들었다.

비록 어젯밤은 이 여자로 인해 스트레스를 풀긴 했지만 아직 안심할 단계는 아니었기에 김상수는 얼른 자리에서 일어나 욕실로 들어갔다.

간단하게 샤워를 마치고 모텔을 빠져나갔다.

김상수는 방을 나오면서 어제 자신의 파트너였던 여자를

그냥 이대로 놓치는 것이 아깝다는 생각에 지갑에서 수표와 명함을 꺼내 테이블에 올려 두고 나왔다.

그는 명함에 간단한 메모를 남기고 자리를 떠났는데, 그 내용은 자신이 안정이 되면 한번 보자는 것이었다.

물론 이런 인연이 더 이어질지는 모르겠지만 정말이지 어젯밤이 너무도 달콤했다.

"어디로 간다……."

모텔 주차장에 주차해 놓은 자신의 차에 오른 김상수는 차를 운전하며 어디로 갈 것인지 생각을 했다.

생각을 하던 김상수는 차를 돌려 서울로 방향을 잡았다.

그동안 쫓기면서 본능적으로 자신의 안전을 위해선 지방으로 도피를 했었다.

자신을 쫓는 이들이 만수파라는 것을 알기 때문에 그들의 힘이 미치는 서울에 있기보다는 지방으로 도피를 하는 것이 안전하다 판단했기 때문이다.

하지만 이렇게 언제까지 도망만 칠 수는 없었다.

그래서 생각한 것이 예전 자신이 은퇴를 하기 전 거래를 했던 삼합회 조직에 투신하는 것이었다.

은퇴를 하면서 자신이 데리고 있던 대범에게 자리를 물려주며 연결을 시켜 주었던 그 중국 조직이라면, 아무리 급부상한 만수파라도 자신을 함부로 하진 못할 것이란 예상을 하였다.

비록 그들이 일개 지부라고 하지만 그들이 가진 힘을 김상수는 잘 알고 있기 때문이다.

김춘삼 회장의 밑으로 들어가 궂은 일을 하면서 삼합회의 무서움을 더욱 절실히 느꼈다.

서양 그룹은 많은 계열사를 거느리고 있다 보니 많은 일들이 들려온다.

그것이 꼭 국내에서만 일어나는 것도 아니고, 외국에 있는 현지 공장이나, 현장들에서도 흔히 일어난다.

특히 중국이나 동남아에 있는 공장이나 현장에서 쟁의가 많이 일어나고 있는데, 김상수는 그때 현지 조직들에 의뢰를 하여 파업을 해체하고 주동자들을 잡아들였다.

그때 보았던 삼합회의 잔인함은 국내 조직들의 그것과는 비교가 되지 않을 정도로 잔인했다.

많은 사람들이 보고 있는 곳에서 버젓이 식육도나 손도끼를 휘둘러 사람을 죽이는 모습은 정말이지 상상만 해도 구토가 밀려왔다.

그런데 웃긴 것은 그렇게 사람을 상해하고 잡혀간 이들이 다음날이면 버젓이 돌아다닌다는 것이다.

나중에 알고 보니 현지 경찰들도 삼합회를 두려워해 그들의 일에 관여를 하지 않는다는 것은 물론이고, 그들과 뒤로 손을 잡고 웬만한 일은 눈감아 준다는 것이다.

그만큼 그들의 힘이 어느 정도란 것을 보여 주는 사건이었다.

그렇기에 김상수는 현재 자신의 구명줄로 예전 인연이 있는 그 삼합회 조직이었다.

살길이 보이자 더욱 강하게 액셀을 밟았다.

◈　　◈　　◈

밤하늘에는 수많은 별들이 반짝인다.

그리고 대한민국의 연예계에도 수많은 스타들이 자신의 재능을 뽐내며 반짝인다.

그런 스타를 꿈꾸며 대한민국의 많은 청소년들이 연예계에 입문을 하기 위해 연예 기획사에서 피와 땀을 흘리며 노력을 한다.

그렇게 피와 땀을 흘리며 갈고닦은 실력을 가지고 데뷔를 하지만 모두 스타가 되는 것은 아니었다.

그러기에 연예 기획사들은 자신들이 키운 연예인들을 스타로 만들기 위해 갖은 방법을 동원한다.

접대나 스폰서를 받게 하는 등, 실력이 아니면 그런 편법을 동원해서라도 스타로 만들었다.

물론 그 때문에 많은 억울한 피해자들이 발생하지만, 그런 것은 반짝이는 스포트라이트에 가려 묻혔다.

많은 기획사들이 이런 편법을 동원해 성공을 하였기에

그런 방법이 연예계 전반에 퍼졌다.

그런 편법으로 성공 가도를 달리던 M&S엔터테인먼트는 작년에 있던 사건 때문에 사회 이슈를 만들어 내며 사람들의 입방아에 오르내렸지만, 그것도 잠시 사회 각층에서 쏟아지는 압력에 그 사세는 수그러들고 말았다.

겉으로야 소속 연예인들이 이탈을 하고, 이름값 하는 연예인들이 없기에 사세가 기운 것처럼 보이지만, 그 내면을 들여다보면 그렇지 않았다.

당시 사건의 당사자들이 모두 뒤 배경이 빵빵한 이들이다 보니 그들은 모두 증거 불충분으로 풀려났다.

더욱이 한 명은 여당 실세의 손자고, 그 아버지 또한 국회의원.

그리고 다른 한 명은 재계의 거물의 외손자로 국내 굴지의 그룹의 혈손이었다.

그렇다 보니 그들은 최고의 변호인단을 꾸려 자신들의 죄를 교묘히 빠져나갔다.

처음에는 그런 그들을 손가락질 했지만 그것도 잠시 사람들의 기억에는 M&S엔터테인먼트의 연습생이 성공을 위해 성접대를 한 것처럼 알려지게 되었다.

소문은 사건의 일으켰던 범죄자들의 변호사들이 일부러 그런 소문을 퍼뜨렸다.

자신들의 변호인들이 잘못이 없다는 것을 부각시키기 위

해 연예계 전반에 걸친 루머를 이용한 것이다.

하지만 결과적으로 그들의 의도는 성공을 했다.

엉뚱한 이들이 자신들이 범인이라며 자수를 하면서 사건은 흐지부지하게 끝났다.

짜고 치는 고스톱으로 위에서부터 아래까지 일사천리로 사건이 처리되었다.

그 뒤로 사건의 증언을 했던 M&S엔터테인먼트의 고난이 시작이 되었다.

사장이 외유를 하는 동안 각종 외압이 들어오기 시작한 것이었다.

소속 연예인이 출연하던 드라마에서 갑자기 출연 분량이 줄거나, 사망이나 유학 등의 말도 안 되는 스토리 변경으로 일자리를 잃었다.

뿐만 아니라 계약된 광고도 중단되고, 몇몇 연예인은 석연찮은 이유로 방송국 출입이 제한되었다.

이 때문에 M&S엔터테인먼트는 어려움을 겪었다.

그런데 M&S엔터테인먼트의 고난은 그것에서 그치지 않았다.

어디서부터 시작된 것인지 모르지만 M&S엔터테인먼트에 대한 악의적인 소문이 퍼지기 시작했다.

물론 그 소문이 100% 거짓만은 아니었다.

사건이 있기 전 M&S엔터테인먼트는 소속 연예인들을

이용해 방송 관계자는 물론이고, 광고주들에게 많은 접대를 했었다.

그런 비밀들이 거짓과 함께 퍼지다 보니 M&S에서 미쳐 대응을 하기도 전에 사실로 굳어지고 말았다.

기획사에 대한 인식이 안 좋아지다 보니 소속 연예인에 대한 기피 현상이 일어나기 시작했다.

청소년 자녀를 둔 어머니 단체들에서부터 M&S엔터테인먼트에 소속된 연예인들에 대한 방송 출연 불가 운동이 일기 시작했다.

물론 그 뒤에는 김한수 의원이나 김병두 의원 등이 있었다.

M&S엔터테인먼트 소속 연예인들은 자신들을 보호해 주지 못하고 또 일감도 잡아 주지 못하는 기획사를 버리고 다른 기획사를 찾아 떠나기 시작했다.

그나마 이름이 알려진 연예인들은 그래도 받아 주는 기획사가 있어 소속을 옮길 수라도 있었지만, 그러지 못하고 단역이나 하고 있던 연기자나 아직 데뷔를 하지 못한 연습생들은 이도저도 못하였다.

아니, 이제 갓 들어온 연습생은 계약을 포기하고 다른 기획사의 오디션에 지원이라도 했지, 오랜 기간 M&S에 소속되어 데뷔를 기다리던 연습생이나 이제 단역으로 데뷔를 한 초보 연기자들은 이러지도 저러지도 못했다.

설상가상으로 외유 중이던 사장 최신규가 교통사고로 사망을 했던 것이다.

이 때문에 M&S엔터테인먼트는 사면초가에 직면하게 되었다.

소속 연예인들의 이탈도 이탈이지만, 회사의 전반을 주도하던 사장의 죽음은 많은 이들의 붕괴를 불러왔다.

최신규 사장의 죽음에는 뭔가 석연찮은 점이 있긴 했지만, 외국에서 일어난 교통사고였기에 누구도 이상한 점을 발견하지 못했다.

그만큼 회사 전반으로 어려움을 겪던 중이라 그런 것까지 신경 쓸 여력이 없었다.

그렇지만 사람이 하는 일이기에 그렇게 넋 놓고 있는 이들만 있는 것은 아니었다.

M&S엔터테인먼트의 사장 대행으로 죽은 최신규 사장의 아내인 이혜연이 취임했다.

이미 사건이 있으면서 많은 주주들이 주식을 내던진 상태였기에 그녀의 사장 취임에 아니, 이미 기울어진 M&S의 사장 자리에 욕심을 부리는 사람이 없었다는 것이 가장 큰 이유이지만 그녀가 사장으로 취임했다.

이혜연 자신이 한때 잘나가던 연기자였기에 그때의 인맥을 이용해 간신히 숨통을 틀 수 있었다.

그리고 남은 초보 연기자들과 데뷔를 앞둔 이들을 더욱

갈고닦았다.

소문처럼 접대를 하지 않고도 통할 수 있는 실력이 있는 이들을 키우기 위해 노력을 했다.

하지만 그런 노력만 가지고는 외압을 이겨 내긴 여간 힘든 것이 아니었다.

"진규 씨, 어떻게 되었어요?"

이혜연은 사무실로 들어오는 최진규 전무를 보며 물었다.

하지만 물어보는 그녀나 들어오는 최진규 전무나 표정이 그리 밝지 못했다.

"안 됐습니다."

"음……."

이미 운영 자금이 바닥을 드러낸 지 오래되었다.

그동안 회사가 있는 건물을 담보로 대출을 받아 그 돈으로 회사를 운영했는데, 대출금 이자 지급일이 다가왔는데, 이자를 낼 돈이 없었다.

그래서 은행에 이자 일을 늦춰 줄 것을 부탁해 보러 나갔지만 역시나 거부되었다는 것이다.

"그러면 어떻게 되는 것입니까?"

"별수 있나요. 이번에도 어음깡을 하는 수밖에 없겠습니다."

어음깡이란 것은 비속어로 순화해서 말하면 어음할인이란 말이 올바른 표현이다.

지금 이혜연이 어음할인을 하려는 것은 어찌 보면 큰 모험이었다.

소생의 기미가 보이지 않은 기획사에 누가 어음할인을 잘해 주겠는가? 분명 이들이 필요한 만큼의 할인율을 적용하지 않고 무지막지한 할인율을 적용해 돈을 줄 것이 분명했다.

그렇지만 그렇게라도 하지 않으면 M&S엔터테인먼트 부도 처리가 되고 말 것이 분명하기에 어쩔 수가 없었다.

한때 국내 최고의 엔터테인먼트 회사 중 한 곳으로 우뚝 솟았는데, 불과 몇 개월 만에 이렇게나 추락을 하고 말았다.

낙담한 이혜연의 모습을 보던 최진규 전무는 뭔가 결심이라도 한 듯 입술을 꾹 물었다.

사실 이혜연이 결혼 전 잘나가는 배우일 때 혜연의 매니저를 했었다.

하지만 그것도 잠시 혜연은 최신규 사장과 결혼을 하면서 연예계에서 은퇴를 했다.

그 때문에 속으로 그녀를 사모하던 최진규는 마음을 접을 수밖에 없었다.

그녀의 곁에서 그녀를 서포트 하면서 키워 오던 마음을 표현해 보기도 전에 접어야만 했었다.

그런데 지금 자신의 앞을 가로막고 있던 장애물이자 그

녀의 남편이었던 최신규 사장이 사라졌다.

그 때문인지 포기했던 사모의 감정이 다시 피어오르고 있는데, 지금 그녀가 낙담하는 모습을 보자 참을 수가 없었다.

최진규는 회사의 난관을 벗어날 궁리를 하다 뭔가 떠오르는 것이 있었다.

그래서 오늘 그것을 시도해 보려는 것이었다.

비록 그 가능성이 희박하기는 하지만 그래도 시도는 해 볼 생각이다.

◈   ◈   ◈

"무슨 일인데 날 보자고 한 것이냐?"

성환은 본격적으로 KSS경호를 운영하기 위해 고심을 하고 있을 때, 진혁으로부터 걸려 온 전화 때문에 이렇게 샹그릴라 사장실에 와 진혁을 찾아와 물었다.

"그것이……."

진혁은 말을 하려다 멈추고 성환의 눈치를 보았다.

그런 진혁의 모습에 성환은 잠시 눈살을 찌푸리다 말을 하였다.

"무슨 일인데 내 눈치를 보는 거냐?"

성환의 다그침에 진혁은 할 수 없다는 표정으로 보고를

했다.

"전에 교관님께서 지시한 것처럼 그들을 감시를 하던 중 뜻밖의 인물을 보게 되었습니다."

"뜻밖의 인물?"

"예."

"그게 누군데 날 여기까지 부른 거야?"

성환은 진혁의 말을 듣고는 도대체 누군데 자신을 여기까지 부른 것인지 물었다.

자신이 생각하기에 전화로 알려 줘도 될 텐데 이곳까지 부른 것을 보면 다른 사람이 알아선 안 될 인물일 것 같아 물었다.

"서양 건설의 김상수 전무가 그곳으로 들어갔습니다."

"김상수?"

서양 건설의 김상수 전무란 이름을 들었지만, 성환은 그 인물에 대해 아는 바가 없기에 잠시 고개를 갸웃거렸다.

"그가 누군데 날 여기까지 부른 거냐."

"아……!"

진혁은 그제야 자신이 실수했다는 것을 깨달았다.

성환은 김상수 전무에 관해 아는 것이 없기에 그렇게 물어 온 것을 깨닫고 다시 설명을 했다.

"서양 건설의 김상수 전무는 사실 서양 그룹 김춘삼 회장의 심복입니다. 아니, 서양 그룹에서 벌이는 더러운 일의 모든 것을 처리하는 총괄 책임자라고 하는 것이 맞을 것입니다."

성환은 진혁의 설명을 듣고서 진혁이 왜 자신을 이곳으로 부른 것인지 알게 되었다.

자신도 세창에게 이야기를 듣고 김춘삼 회장이 직접 그런 일에 관여하진 않을 것이고, 분명 처리해 주는 사람이 따로 있을 것이라 예상을 했다.

하지만 그것만으로는 자신을 부른 이유로는 조금 부족했다.

그러다 그가 어딘가에 들어갔다는 말이 생각났다.

"그자가 어디에 들어갔다는 거지?"

"김상수 그자가 삼합회 조직으로 들어갔습니다."

"삼합회? 그들의 조직이 한국에도 있나?"

성환은 한국에 중국 조직인 삼합회가 있다는 말에 고개를 갸웃거렸다.

그도 그럴 것이 성환이 알기론 삼합회가 직접적으로 한국에 진출했다는 것은 듣지 못했기 때문이다.

물론 삼합회와 관련된 조직이 조선족을 이용해 한국에 세력을 만들려고 한다는 것은 알고 있었다.

누나를 죽인 박원춘이 바로 그런 조직의 일원이라는 것을 알고 있었기 때문이다.

그런데 지금 진혁의 이야기를 듣고 있노라면 그런 조직

이 아닌, 삼합회와 직접적 연관이 있는 조직이 있다는 말로
들려 놀란 것이다.

"설마?"

성환은 문득 어떤 것이 떠올라 짧게 말을 했는데, 진혁이
성환의 말을 받아 이야기를 계속했다.

"교관님이 짐작하시는 것이 맞을 겁니다. 대범파와 거래
를 하던 조직이 바로 중국 삼합회 조직 중 하나인 금련방입
니다."

진혁은 대범파의 장부들을 조사를 하다 그들이 중국 폭
력 조직인 삼합회의 구성원 중 하나인 금련방과 거래를 했
다는 내역서를 발견했다.

그런데 그 거래 내역이 너무나 엄청난 것이 내포되어 있
어 그것을 성환에게 보고를 했었다.

보고를 받은 성환에게서 받은 지시는 대범파와 거래를
하던 조직의 본거지를 찾으라는 것이었다.

그래서 진혁은 이미 저리된 대범파에서는 더 이상 나올
것이 없다는 생각에 고심을 하던 중 대범파 두목인 김대범
이 서양 건설의 김상수 전무와 통화한 내역을 포착했다.

비록 진혁은 나이가 적어 잘 모르지만, 나이가 좀 있는
간부들은 김상수와 대범파의 관계를 잘 알고 있기에 은퇴한
김상수가 김대범과 통화를 하는 것에 무언가 연관이 있을
것이란 생각에 추적을 하였다.

그리고 계속해서 대범파의 장부를 뒤지면서 김상수가 은퇴 후에도 수시로 대범파와 연락을 주고받으며 많은 범죄 행위를 했다는 증거까지 확보했다.

그런데 우연히도 김상수와 삼합회와 연관이 있는 장부가 뒤늦게 발견이 되었다.

그것 때문에 잠시 김상수를 추적하던 것을 놓치기도 했다.

하지만 결과적으로 김상수의 행방을 알 수 있었는데, 생각지도 못하게 그가 삼합회 조직인 금련방 한국 지부에 투신을 한 것을 발견했다.

이는 아주 우연한 계기로 인해서였는데, 성환이 대범파를 치고 그들이 금련방이란 조직과 거래를 했다는 것을 알고 감시를 하고 있었다.

나중에서야 그들이 중국 조직이고, 또 조선족으로 구성된 조직이 아닌, 삼합회 조직이란 것을 알았을 때, 그곳으로 조폭과는 관계가 없어 보이는 회사원 차림의 한국인이 들어가는 것을 보고 보고를 한 때문에 알게 되었다.

아무튼 성환은 이래저래 놀라게 되었다.

만수파가 자신의 생각보다 빠르게 안정화되어 가는 것과 또 생각지 못한 곳에서 엉뚱한 사건이 벌어지는 것 같은 느낌에 좀 당황했다.

자신이 그리는 그림과 전혀 다르게 진행이 되는 것 때문에 잠시 생각을 정리해야만 했다.

성환이 대범파를 치고 그것을 만수파에 넘긴 건 삼청 프로젝트의 일환으로 그렇게 진행을 하기 위해 그런 것이다.

그런데 그것에 삼합회가 끼어들고, 원수 중 하나인 서양 건설이 끼어들었다.

뿐만 아니라 아직 누군지 모를 적이 하나 더 있었다.

전문 킬러를 동원해서 자신을 죽이려고 했던 그 조직은 아직도 정체를 밝히지 못했지만 느낌으로는 세계 3대 조직이라 불리는 삼합회에 못지않은 위험한 느낌을 주고 있어 성환을 심난하게 만들고 있었다.

그런데 그런 혼란 중에 삼합회 조직 하나가 끼어들자 절로 인상이 찌푸려진 것이다.

'갈수록 태산이군. 갈 길이 먼데 이젠 삼합회까지…….'

사실 성환이 생각지 못한 것이 하나 있었다.

현대 사회는 무척이나 복잡하게 얽힌 인가관계로 맺어져 있는데, 그것을 감안하지 않고 계획을 하였으니 이런 혼란에 빠졌다.

성환은 사실 이번 대범파만 처리하면 프로젝트가 어느 정도 마무리될 것이란 생각을 했다.

사실 처음 세창과 계획한 단계로 보면 그 생각이 맞았다.

하지만 누군가 그레고리에게 의뢰를 해 자신을 저격하게 했던 사건이 발생하였다.

처음에는 혹시나 자신과 원수를 진 김한수 의원이나 김
춘삼 회장 라인에서 그런 것이 아닌가, 의심을 했었다.

그렇지만 은밀하게 알아본 결과 그들은 아니었다.

김한수 의원은 자신과 약속한 대로 자신에 관해 신경을
끊고 있었고, 김춘삼 회장 같은 경우 자신에 관해선 알지도
못하고 있었다고 한다.

유력한 용의자들이 용의선상에서 제외가 되고 또 해커들
을 이용해 알아봐도 흔적도 없었기에 그 일은 일단 접어 두
었다.

그런데 거기에 더해 이젠 삼합회라니 머리가 지끈거렸다.

"그러니까 네 말은 대범파가 거래하던 조직이 단순한 조
선족 깡패 조직이 아닌 삼합회 소속의 조직이라는 말이
냐?"

"그렇습니다. 아무래도 김상수가 그들 조직으로 들어간
것으로 봐서는 조만간 본격적으로 진출을 할 것 같습니다."

"그럼 지금은?"

성환은 진혁의 말이 조금 이해가 가지 않아 물었다.

금련방이란 조직이 한국에 진출해 있는데, 조만간 본격
적인 진출을 한다는 말이 무슨 말인지 정확하게 이해하기
어려웠기 때문이다.

"그게 지금까지는 한국은 외국 조직이 들어오면 주변 조
직들이 단합해 그들이 들어오는 것을 막았습니다. 금련방도

그런 것을 잘 알기 때문에 활동을 하지 않고 대범파와만 거래를 했던 것입니다. 그런데……."

진혁은 그들이 진출하기 힘들었던 이유를 설명했다.

그 어느 나라보다 텃세가 심한 한국이다 보니 폭력 조직에서도 그런 경향이 짙었다.

그런데 이번에 김상수가 금련방으로 투신을 하는 바람에 그것이 힘들어졌다는 설명이었다.

만약 금련방이 김상수를 표면에 내세우면 한국 조직들이 연합할 명분이 없어진다는 것이다.

그런 이야기를 듣고 난 성환은 하루 빨리 금련방이란 곳을 정리하기로 했다.

이미 대범파와 그들이 어떤 거래를 해 왔는지 들어 조만간 정리하려 했는데, 그 시간이 앞당겨진 것이다.

조폭이라고는 하지만 그래도 한국인이 중국인들에게 당하는 것을 그냥 두고 볼 수는 없는 일이기도 했고, 또 중국인들이 벌이는 비인간적인 범법 행위를 그냥 좌시할 수 없기도 했기 때문이다.

그들이 일으키는 사건은 거의 대부분이 흉악하다 못해 인간이라고는 생각지 못할 잔혹한 형태의 범죄가 허다했다.

결정을 하고나자 조금 전까지 답답하던 것이 확 뚫리는 느낌을 받은 성환은 다른 이야기를 했다.

"그건 조만간 해결하기로 하고, 요즘 밑에 관리는 어떻게 하고 있냐?"

진혁은 성환이 새로운 이야기를 꺼내자 잠시 멈칫했다.

그러다 차분하게 자신이 어떻게 조직을 운영하는지 전반적인 보고를 했다.

사실 그동안 성환이 조직에 관한 것은 거의 자신에게 일임을 했기에 그런 것을 보고할 생각도 하지 못하고 있었다.

그런데 이렇게 갑자기 물어 오자 잠시 생각을 정리했다.

얼마 전 성환에게 자신이 앞으로 나가야 할 방향을 들었기에 만수파를 그렇게 운영하기 위해서 요즘 취하고 있는 방침에 관해 정리할 필요가 있었다.

그리고 머릿속으로 정리가 되자 이야기를 하기 시작했다.

지금 있는 샹그릴라 호텔을 중심으로 만수파가 벌이고 있는 핵심 사업과 음성적으로 벌이고 있는 사업 전반에 걸쳐 설명을 하고, 어떻게 관리를 하고 있는지에 관해서도 이야기했다.

"음성적인 일은 점차 줄여 갈 생각입니다."

"그래, 그건 잘한 생각이다. 그런데 줄여 가는 것도 좋은데, 완전히 손을 떼지는 마라."

"……?"

진혁은 전에 마피아처럼 조직을 양성화하라는 말을 했으면서 지금은 손을 떼지 말라는 말을 하자 의도를 알지 못해 의문스런 표정으로 성환을 보았다.

그런 진혁의 표정에서 그 뜻을 읽은 성환은 자신의 생각을 말했다.

"네가 그런 일에서 손을 뗀다고 해서 대한민국에서 그런 일이 아주 없어지는 것이 아니다. 또 다른 조직에서 네가 하던 일을 대신할 것이다. 난 그렇게 하는 것 보다는 네가 맡은 구역에서는 그 모든 것을 네가 통제를 하는 것이 더 나을 것 같다."

성환의 이야기를 종합해 보면 별거 없었다.

어차피 조폭이란 존재를 사라지지 않고 또 그들이 하던 일이 사라지는 것이 아니란 소리였다.

만수파에서 손을 떼더라도 새로운 조직이 자신들의 구역에서 그 일을 대신할 것이란 소리였다.

그리고 성환은 만수파의 통제를 벗어나지 못하게 하라는 소리였다.

성환의 이야기를 듣고 난 진혁은 처음 자신을 찾아왔을 때 성환이 했던 말이 이제야 이해가 갔다.

지금 성환이 하는 이야기는 현재 만수파가 장악하고 있는 구역에서는 모든 것을 성환이 구상하는 대로 이루어져야 한다는 소리였다.

그렇게 절대적 통제가 이루어져야 한다는 소리였다.

그 말을 깨달은 진혁은 눈앞에 있는 성환이 얼마나 대단한 그림을 그리고 있는지 알게 되었다.

단순히 조폭 세계의 전국제패 정도가 아니라 음지의 왕이 되려는 계획인 것이다.

성환은 모든 이야기를 마치고 자리에서 일어나려고 했다.

하지만 밖에서 들리는 소란으로 멈출 수밖에 없었다.

◈　　◈　　◈

최진규는 이혜연의 낙담한 표정을 보다 책임감을 느끼고 그녀를 지켜 주겠다는 결심을 하게 되었다.

그리고 그 결심한 것을 행동으로 옮겼다.

소심해 최신규로부터 무던히도 구박을 받던 그가 그런 행동을 하게 된 것을 보면 사랑의 위대함을 알 수 있었다.

비록 짝사랑이지만 말이다.

"후……!"

만수파의 본거지인 샹그릴라 호텔 앞에 선 최진규는 깊게 심호흡을 했다.

떨리는 마음을 다잡고자 그런 행동을 한 것이다.

사모하는 혜연을 위해 나서긴 했지만 깡패들이 무서운 것 또한 사실이기에 최진규는 살짝 풀리려는 다리에 힘을 주고 앞으로 걸어갔다.

최진규의 사정을 모르는 호텔의 손님들은 한참을 호텔 입구에서 그런 행동을 하고 있는 최진규를 보며 웃었지만,

그런 행동을 하던 최진규는 자신을 비웃는 사람들을 인식하지 못했다.

엘리베이터에 오른 최진규 엘리베이터 안에서 다시 한 번 심호흡을 하고 엘리베이터에서 내렸다.

이미 몇 번 와 본 곳이라 몇 층에 내려야 하는지도 잘 알고 있었다.

띵!

엘리베이터가 자신이 원하는 층에 도착했음을 알렸다.

다시 한 번 옷차림을 점검한 최진규는 닫히려는 엘리베이터에서 얼른 내려 걸어갔다.

"이곳은 관계자 외에 올 수 없는 곳입니다. 그만 돌아가 주십시오."

샹그릴라 호텔 사장실 앞 건장한 남자들이 진규가 다가오자 그를 막아섰다.

사전에 최진혁으로부터 아무도 접근시키지 말라는 지시를 받았기에 지금 진규가 다가오는 것을 막은 것이다.

다만 이들이 이렇게 정중하게 최진규를 막아선 것은 혹시라도 최진규가 호텔의 손님인데, 층을 잘못 찾아온 것은 아닌가 하는 이유 때문이다.

만수파는 이미 몇몇 사업은 양지에서 정상적으로 영업을 하고 있기에 이곳 샹그릴라 호텔도 그런 사업 중 한곳이다.

그래서 이런 식으로 정중하게 막아섰는데, 최진규는 이

곳이 어떤 곳이란 것을 잘 알고 있기에 얼른 자신이 찾아온 용건을 말했다.

"전 M&S엔터테인먼트에서 온 최진규 전무라고 합니다. 사장님을 뵈려고 합니다."

최진규는 자신의 신분을 밝히고 자신의 목적을 이야기했다.

"약속을 하셨습니까?"

진규를 막아선 이들은 만수파와 M&S엔터와의 관계를 알고 있기에 물었다.

하지만 약속을 하고 찾아온 것이 아니기에 최진규는 잠시 머뭇거릴 수밖에 없었다.

"그, 그것이…… 아닙니다. 하지만 꼭 사장님을 뵈어야 합니다."

최진규로서는 마지막 지푸라기라도 잡는 심정으로 이곳을 찾았기에 이대로 물러날 수는 없었다.

그렇지만 최진혁으로부터 아무도 이곳에 들이지 말라는 지시를 받은 이들은 약속도 없이 찾아온 최진규를 이대로 둘 수는 없었다.

"약속을 하지 않으셨으면 오늘은 이대로 돌아가 주시고, 약속을 잡고 다시 찾아 주십시오."

조폭인 이들이 전혀 그런 모습을 보이지 않고 이렇게 정중하게 대답을 했지만 최진규는 그런 그들의 말을 들어줄 수가 없었다.

어떻게든 최진혁 사장을 만나 회사의 어려움을 토로하고 도움을 받아야 하기에 막무가내로 안으로 들어가려고 했다.

"전 사장님을 만나 뵈어야 합니다, 제발!"

막무가내로 들어오려는 최진규의 모습에 사장실을 막고 있던 사내들의 표정이 굳어지기 시작했다.

자신의 신분을 밝혔다고 하지만 사전 약속도 없이 이렇게 막무가내로 들어가려는 최진규를 그냥 이대로 둘 수는 없었다.

만약 그를 통과시킨다면 나중에 어떤 일을 당할지 모르는 일이기에 사내들의 대응도 폭행만 하지 않았다 뿐이지 점점 거칠어졌다.

"마지막 경고입니다, 돌아가십시오. 더는 두고 보지 않 습니다."

사내의 경고에 최진규는 찔끔했다.

가뜩이나 두려운 곳인데 처음 자신을 향해 정중히 대하는 말투에 잠시 이곳이 어디란 것을 깜박하고 말았다.

그래서 다급한 마음에 막무가내로 들어가려 했는데, 자신을 막던 사내의 큰소리에 정신이 번쩍 들었다.

'아! 내가 지금 무슨 짓을 한 거야!'

속으로 후회가 되었지만, 마음 한편으론 이렇게 된 마당에 죽기 아니면 살기라는 엉뚱한 생각이 들었다.

'에라 모르겠다. 죽기 아니면 까무러치기다. 설마 죽이 기야 하겠어?'

마음이 간절하면 초인적인 힘도 생긴다고 했던가?

그런 말을 증명이라도 하듯 최진규는 자신보다 덩치가 좋은 두 사람이 막는 것을 이겨 내며 소리치기 시작했다.

"사장님! 최진혁 사장님! 저 M&S엔터의 최진규 전무입니다, 사장님!"

"아니, 이 사람이!"

"그냥 둬서는 안 되겠군! 이곳이 어디라고 이렇게 소란을 피우는 겁니까?"

사내들은 소란을 피우는 최진규의 팔을 붙잡고 끌어내기 시작했다.

"최진혁 사장님!"

끌려가면서도 최진규는 소리 높여 최진혁을 불렀다.

그런 최진규의 염원이 통했는지 비서가 다가와 최진규를 끌고 가는 사내들을 붙잡았다.

"잠시만이요. 사장님께서 부르십니다."

사장이 부른다는 소리에 사내들은 최진규를 끌던 손을 놓았다.

"안으로 들어가세요."

최진규는 사내들에게 끌려가다 비서가 다가와 안으로 들

어가라는 말을 하자 표정이 급 밝아졌다.

사실 이런 자신의 행동이 이들에게 받아들여질지는 의문이었다.

하지만 이렇게라도 해야 어떻게든 만날 수 있다는 막연한 생각에 막무가내로 이런 행동을 했다.

그런데 자신을 만나 주겠다는 말을 듣자 정말이지 꿈을 꾸는 것 같았다.

사내들에게 붙잡혀 끌려가던 상태라 옷매무세가 흐트러졌다.

그것을 바르게 하고는 얼른 비서를 따라나섰다.

혹시라도 자신이 지체해 마음을 바꿔 보지 않겠다고 하면 낭패이기 때문이다.

샹그릴라 호텔 사장실 앞에 선 최진규는 심호흡을 했다.

"사장님, 손님 오셨습니다."

비서가 노크를 하고 안에 보고를 했다.

그리고 안에서는 바로 응답이 들려왔다.

"들어와요."

사장의 목소리가 들리고 비서는 최진규를 돌아보며 말을 했다.

"들어가십시오."

"감사합니다."

    무엇이 감사한지 최진규는 자신을 안내해 준 비서에게 그렇게 인사를 하고 안으로 들어갔다.

    그런데 최진규는 안으로 들어가자마자 굳어지고 말았다.

    꿈에도 보기 두려운 인물이 그 안에 있었기 때문이다.

4.

M&S 엔터테인먼트에 투자

샹그릴라 호텔 사장실은 지금 조금 전 복도의 소란은 언제 그랬냐는 듯 쥐 죽은 듯 고요했다.

바늘 하나라도 떨어져도 그 소리에 정적이 깨질 정도로 침묵이 흘렀다.

"왜 아무 말도 하지 않지?"

오랜 침묵을 깬 것은 성환의 목소리였다.

성환의 목소리에 최진규는 깜작 놀랐다.

이혜연을 사모의 마음과 회사를 살리겠다는 마음으로 M&S엔터의 대주주인 만수파의 두목이자 샹그릴라 호텔의 사장인 최진혁을 찾아왔다.

비록 작년 불미스런 사건으로 사이가 틀어지긴 했지만,

그래도 M&S에서 비빌 언덕이라고는 진혁뿐이었다.

그래서 이렇게 무턱대고 찾아왔는데, 설마 이곳에 세상에서 가장 보기 두려운 사람이 자리하고 있을 줄은 꿈에도 몰랐다.

작년 수진을 돌보다 수진의 삼촌인 성환에게 걸려 얼마나 치가 떨리게 당했는지 이곳에 들어서다 성환의 뒤태만 보고도 진규는 성환을 알아보았다.

성환은 진규에게 트라우마로 자리 잡고 있었다.

그러했기에 지금 이미 소문을 들어 만수파가 서울 직역의 절반 정도를 차지할 정도로 거대한 조직이 되었다는 것을 들었지만 억지로 이곳을 찾아왔는데, 성환의 뒷모습을 보고는 입이 떨어지지 않았다.

그런데 지금 자신을 보고 말을 하라고 하는 성환의 모습에 더욱 굳어 말문이 막혔다.

그런 최진규를 구원한 것은 최진혁이었다.

"그래, 무슨 일로 날 찾아온 것입니까?"

최진혁이 나서서 말을 걸자 그제야 정신을 차린 최진규는 자신이 찾아온 용건을 말했다.

"최 사장님께서는 저희 M&S엔터의 주식 20%를 가지고 있는 대주주십니다. 그래서……."

진규는 자신이 최진혁을 찾아온 용건에 대해 설명을 하며 도와달라는 말을 했다.

솔직히 현재 M&S엔터는 진퇴양난의 아니 부도 위기에 처해 있었다.

이미 제 1금융권에서는 모든 대출 창구가 막히고 제 2금융권도 김한수 의원과 김춘삼 회장의 눈을 의식한 업계에서도 대출을 꺼리고 있었다.

그렇다고 사 금융에서도 M&S엔터의 소문이 퍼져 있어 이미 받을 만큼 다 받은 상태였다.

그래서 아무도 최진규의 부탁을 들어주려 하지 않고 있었다.

최진혁도 이러한 사정을 잘 알고 있지만 그동안 내부 갈등을 겪고 있던 만수파를 수습하는 것과 연이은 진원파를 흡수하고, 또 백곰파와의 전쟁, 그리고 그 싸움에 끼어든 신호남파와의 전쟁 등 많은 일을 겪다 보니 M&S엔터의 일은 까맣게 잊고 있었다.

아니, 원래부터 M&S엔터에 관심이 없었다고 하는 것이 맞을 것이다.

최진혁이 비록 M&S의 주식을 보유하고 있지만, 그것은 사실 그의 아버지 최만수가 죽으면서 유산으로 상속된 것 일부를 가지고 있을 뿐이었다.

더욱이 최진혁이 가지고 있는 주식의 수는 조금 전 최진규가 말한 것에 한참을 미치지 못하는 5% 정도뿐이었다.

그것이 어떻게 된 것이냐면, 죽은 최만수가 가지고 있던

20% 중 절반인 10%는 진혁의 새어머니가 상속했고, 남은 10% 중 진혁이 5%를, 남은 것이 차남인 종혁에게 남겨졌다.

그런 사정을 모르기에 지금 진규는 대주주인 진혁에게 찾아와 사정을 하고 있었다.

하지만 그렇다고 하더라도 솔직히 현재 M&S엔터는 투자를 할 만한 상황이 아니었다.

현재 보유하고 있는 연예인이라고는 데뷔한 지 얼마 되지 않는 초보 연기자들과 올 초 데뷔한 아이돌 그룹 한 팀이었다.

주식의 가치도 이미 바닥을 친 지 오래였다.

솔직히 여당 실세와 재계 50위 권 안에 들어가는 재벌이 뒤에서 압력을 행사하는데, 일개 연예 기획사가 견딜 수 있을 리가 없었다.

최신규 사장이 있을 당시만 해도 방송계 안팎으로 약을 치고 정치인들에게 상납을 하면서 잘나갔다.

하지만 작년 가을에 있었던 사건에서 그런 실세들의 반대편에서서 증언을 한 것 때문에 본인은 의문의 교통사고로 삶을 달리하고 회사는 이 지경에 이르렀다.

그렇다고 어디에 하소연할 수도 없는 것이 이 세계는 원래 이런 일이 비일비재하기 때문이었다.

먹고 먹히는 먹이사슬이 작용하는 사회에 살아가기 위해

선 남보다 강한 힘이 필요했다.

만약 M&S엔터의 최신규 사장이 그들보다 더 강한 권력을 가지고 있었다면, 회사와 자신이 그렇게 될 일은 없었을 것이다.

최신규 사장이나 M&S엔터는 약자였다.

그렇기에 그들에게 상납을 했고, 그랬기에 그들과 반대편에 설 때 각오를 했었다.

하지만 파워 게임에서 최신규 사장은 졌고, 결과가 이것.

물론 당시 성환이 본격적으로 개입을 했다면 최신규 사장의 선택은 최선의 선택이 되었을 것이다.

성환이 대한민국 법을 믿지 않고, 아니, 대한민국 검찰을 믿지 않았더라면 결과는 지금과 반대의 상황이었을 것이다.

물론 누나도 죽지 않았을 것이고 말이다.

그렇지만 운명은 그렇게 되도록 놔두지 않았다.

군인의 신분인 성환은 더 이상 그 일에 관여를 하지 않고 법의 심판에 맡겼다.

하지만 대한민국 검찰과 법관들은 정의를 실현하지 않았다.

성환이 믿고 있던 그것들은 권력자들의 정의를 자신들만의 이익을 위해 정의를 외면했다.

그 결과로 그들은 이득을 얻을 뻔했지만 분노한 성환의 심판을 받았다.

아무튼 현재 이야기를 듣고 있던 성환은 M&S엔터가 부도 위기란 소리를 듣게 되었다.

"어떻게 된 일이지?"

두 사람의 이야기를 듣던 성환이 물었다.

그에 최진규는 자신의 밀에 난색을 펴는 최진혁 보다는 자신의 말에 관심을 보이는 성환에게 설명을 하기 시작했다.

"그게, 작년 그 일이 있고……."

사건이 있고 최신규가 법정에서 증언을 한 뒤 벌어진 일들에 관해 설명을 했다.

장시간 진규의 설명을 들은 성환은 눈을 반짝였다.

사실 법정에서 최신규 사장이 증언을 하는 것은 성환도 법정에 있었기에 모두 들었다.

하지만 그 뒤의 일은 성환도 처음 듣는 이야기였다.

그 때문에 성환은 진혁에게 사실인지 물었다.

"너도 알고 있었나?"

"아니, 그것까지는 알지 못하고 전에 말씀드렸다시피, 공항에서 외국을 나가는 최신규 사장을 본 것은 사실입니다."

성환은 진혁으로부터 최신규 사장이 증언이 있고 나서 외국으로 나갔다는 말을 듣게 되었다.

잠시 침묵이 흐르고 성환은 생각에 잠겼다.

어떻게 보면 자신의 강요에 의해 벌어진 일이기도 했다.

그날 아파트에서 수진을 구할 때 최신규 사장과 눈앞의 최진규 전무를 고문하지 않았던가.

비록 강요는 하지 않았지만 그런 일이 있고 자신이 신고를 하였으니 말로는 하지 않았다고 하면서도 최신규 사장으로서는 선택의 여지가 없었을 것이다.

무력을 가진 자신과 권력을 가진 그들과의 싸움에서 어느 쪽이건 한쪽을 선택할 수밖에 없는 순간에 자신을 선택했고, 결과는 그의 죽음과 그가 운영하던 회사의 부도 위기였다.

이런 이야기를 듣게 된 성환은 마음 한편에 빚을 진 느낌이 들었다.

비록 그가 올곧은 사람은 아니었지만, 자신으로 인해 그런 피해를 당했다는 것을 생각하자 그 유가족들에게 미안해졌다.

"그래, 어떻게 도와주면 되겠나?"

성환은 빚진 마음을 털기 위해 이렇게 말을 했다.

그런 성환의 말에 최진규는 물론이고 옆에 있던 최진혁도 놀라 눈을 동그랗게 떴다.

너무 놀라 말을 하지 못하는 최진규에게 성환은 다시 한번 말을 했다.

"내가 어떻게 도와주면 되겠어?"

거듭되는 성환의 말에 진규는 얼른 정신을 수습하고 대

답을 했다.

"현재 저희 M&S의 상황이 별로 좋지 못합니다."

하나에서 열까지 차근차근 설명을 하는 최진규의 말을 들어 보니 이건 그냥 자금이 부족해 부도를 맞는 것이 아니라 총체적인 난국이었다.

연예인이 하다못해 케이블 방송이라도 출연을 해야 하는데, 이건 하나부터 열까지 모든 방송 출연 루트가 막혔다.

권력자들이 자신들의 권력을 이용해 방송국에 압력을 넣은 것이 분명했다.

하지만 이런 것은 성환이 풀 수가 있을 것 같았다.

신호남파나 진원파 등 많은 조직을 평정하면서 그들이 가지고 있던 장부에서 권력자들과 조직의 거래 내역이 고스란히 남아 있었다.

어디나 구린 놈들은 자신들의 보신을 위해 그런 뒷주머니를 챙겨 놓는다.

요즘은 조폭들도 멍청하지 않아 권력자들이 필요할 때는 간이고 쓸개고 빼 줄 것처럼 굴지만, 자신이 위기에 처했을 땐 가차 없이 자신들을 쳐 낼 것이란 것을 잘 알고 있기에 감히 그런 생각을 하지 못하게 안전장치를 마련해 두었다.

특히 대범파와 같은 조직은 하던 사업들이 모두 불법적인 것은 물론이고, 반인륜적인 패륜 범죄들이라, 걸리게 되면 웬만한 권력 가지고는 무마할 수도 없는 일들이었다.

그러니 그들이 가진 끈을 튼튼하게 하기 위해 거래 장부와 전화통화 내역은 물론이고 거래를 할 때의 동영상까지 몰래 찍어 간직하고 있었다.

그러니 그것들을 이용해 그들을 압박한다면 충분이 M&S엔터에 행해지고 있는 압력을 해제시킬 수 있을 것이다.

물론 성환이 M&S에 이 정도까지 신경을 쓰는 것은 미안한 마음도 미안한 마음이지만 사실 가장 큰 이유는 바로 조카 수진 때문이다.

현재 수진은 그런 큰일을 당했으면서도 자신의 꿈을 포기하지 않고 미국에 유학을 가서 공부를 하고 있다.

그러니 수진이 돌아왔을 때, 힘이 되어 줄 둥지가 필요했다.

수진이 실종이 되었을 때, 그녀를 찾기 위해 조사를 했던 성환도 대한민국 연예계에 관해 알게 되었다.

연예계에서 성공을 하려면 실력만 가지고는 불가능하다는 것을 알게 된 성환은 이제 유일한 혈육인 수진의 꿈을 이뤄 주기 위해선 자신이 힘이 되어 줘야 한다고 생각했다. 그리고 이번 기회에 그런 기반을 만들 생각을 하게 만들었다.

더욱이 M&S엔터라면 수진도 어느 정도 익숙하니 괜찮을 것도 같았다.

비록 힘든 일을 겪고 혹시라도 그런 나쁜 기억을 떠올리게 하는 것은 아닌가, 걱정이 되기도 하지만 어차피 한 번은 겪고 극복을 해야만 할 일이기에 그건 일단 접기로 하였다.

"대신 내가 투자하는 만큼 주식으로 받기로 하지."

"교관님! 그럴 필요까지 있습니까?"

"그만. 그 일은 내가 알아서 한다. 넌 내가 아까 한 일만 제대로 하면 된다."

"예, 알겠습니다."

진혁이 반대 의견을 말하려 했지만 성환은 그런 진혁의 말을 중간에 끊었다.

이미 작정을 했기에 다른 사람의 의견을 구할 필요는 없었다.

그리고 사실 성환의 진혁이 무슨 말을 하려고 하는지 잘 알고 있다.

침몰하는 배에 함께할 필요는 없지만, 그래도 맨땅에 헤딩을 하는 것 보단 기울긴 했지만 소생 가능성이 있는 만큼 투자할 가치는 있었다.

지금 현재 적은 투자로 가장 큰 효과를 볼 수 있는 곳이 바로 M&S엔터였다.

이미 기울어져 가는 M&S엔터를 회생시킬 계획이 모두 만들어진 상태이니 굳이 투자를 하지 않을 이유가 없었다.

지금 진혁이 생각지 못하고 있지만 연예계란 곳이 사실

암흑가와 연관이 없을 수가 없었다.

막말로 방송에 출연을 하지 못한다고 해도 만수파나 동대문파 등 성환의 밑으로 들어온 지역에 있는 업소에만 M&S엔터 소속의 연예인을 돌린다고 해도 충분히 수익이 나올 것이다.

거기에 모종의 조치만 취한다면 가능성은 충분했다.

"사장에게 내 투자를 한다고 이야기해. 그리고 그 대가는 내가 투자한 금액만큼 주식으로 받겠다고 말하고."

성환은 아직도 놀라고 있는 최진규에게 자신의 조건을 말했다.

"알겠습니다. 감사합니다. 그런데 얼마나……?"

투자를 하겠다고 하는 성환의 말에 감사를 했다.

더욱이 대한민국 최고의 조직 보스가 어려워하는 사람이 투자를 한다고 하니 적은 금액은 아니란 생각을 하고 작은 기대를 하면서 조심히 금액을 물었다.

그런 최진규의 물음에 성환은 잠시 고민을 했다.

얼마나 투자를 해야 빠른 시간에 M&S가 정상화될 것인지 생각을 하는 것이었다.

사실 투자를 하려고 하긴 했지만 얼마나 투자를 해야 할지 가늠이 되지 않았다.

고민을 한다고 하지만 뭐를 알아야 고민을 하든가 하는 것이 아닌가? 그래서 성환은 단도직입적으로 물었다.

"얼마나 필요한데?"

성환의 직접적인 물음에 최진규도 잠시 말을 하지 못했다.

그도 얼마나 투자를 받아야 회사가 정상화될지 알지 못하기 때문이다.

그렇기 때문에 최진규는 조심스럽게 말을 꺼냈다.

"그렇게 하려면 적어도 50억은 있어야……."

"아니, 뭐라고?!"

옆에서 돌아가는 내용을 듣던 최진혁이 놀라 소리쳤다.

50억이 많은 돈이었기에 그리 소리친 것이다.

솔직히 그 정도면 최고 톱스타를 몇 명 영입할 수도 있을 금액이기 때문이다.

하지만 최진규도 무턱대고 그런 금액을 배팅한 것이 아니었다.

은행과 사 금융에 진 대출금을 먼저 해결을 해야만 했다.

그것이 20억이었다. 원금이 그 정도는 아니었지만, 사 금융이란 곳이 복리 계산법이라 원금과 이자가 그렇게 늘어난 것이다.

"좋아, 그럼 언제가 좋겠어?"

너무도 간단히 승낙을 하자 최진규는 물론이고, 최진혁마저 허탈한 표정을 지었다.

50억이 결코 작은 돈이 아닌데도 이렇게 간단하게 승낙을 하는 것으로 봐선 자신들이 모르는 많은 비자금이 성환에게 있을 것이란 생각을 하게 되었다.

사실 그렇기도 했다.

비록 KSS경호의 경호원들을 훈련시키기 위해 섬을 구입하고 또 훈련 장비나 시설을 설치하면서, 그리고 많은 의약품들을 준비하는 데 많은 자금을 사용했지만, 아직도 성환의 수중에는 많은 비자금들이 남아 있었다.

군을 나올 때 삼청 프로젝트의 운용 자금으로 받은 자금이 비록 많기는 했지만, 지금까지 남아 있던 것은 아니었다.

하지만 진원파를 굴복시키고 또 백곰파와 신호남파 그리고 대범파 등을 격파하고 장부를 입수했을 때, 많은 비자금을 빼돌렸다.

물론 만수파의 덩치를 불리기 위해 많은 것을 최진혁에게 넘겨주긴 했지만 각 조직들의 두목들이 조직 몰래 빼돌린 비자금들이 상당했다.

그렇기에 M&S엔터에 투자할 50억 정도는 쉽게 마련할 수가 있었다.

솔직히 M&S엔터가 정상적인 상태라면 50억 정도는 그리 많은 돈이라 할 수도 없는 돈이었다.

작년 이맘때, 즉 사건이 있기 전 M&S의 주가 총액이 500억이었다.

물론 가치 평가는 그보다 더 큰 금액이었는데, 소속 연예인들의 구성이나 광고나 방송에 미치는 영향력을 등을 평가

했을 땐 1천억 이상이라는 평가를 받을 정도였다.

하지만 권력자들의 눈 밖에 난 뒤로 그 가치는 곤두박질
쳤다.

현재 M&S의 주식가치는 액면가를 살짝 웃도는 650원
이었다.

그래서 언제 상장폐지(上場廢止)가 될지 모르는 주식이
었다.

진짜로 주식가치가 500원 밑으로 떨어지게 된다면 아
니, 그전이라도 돌아오는 어음을 막지 못하면 부도가 날 처
지였다.

그러니 성환이 투자하겠다는 50억은 가뭄 끝의 단비였다.

"감사합니다, 감사합니다. 돌아가서 그리 전하겠습니다."

"그럼 빠른 시간 내에 연락을 하도록."

빠른 시간에 연락을 하라는 말을 하고 성환은 자리에서
일어났다.

그리고 그런 성환의 뒤에 최진규는 고개를 숙이며 연신
감사하다는 인사를 했다.

◈　　◈　　◈

M&S엔터테인먼트 사장실.

성환은 M&S엔터의 사장인 이혜연과 계약을 하기 위해

M&S를 찾았다.

어제 오후 늦게 최진규 전무를 만나 이야기를 했었는데, 이렇게나 빨리 계약을 하게 될지는 성환은 생각지 못했다.

하지만 이건 그만큼 M&S의 사정이 좋지 못하다는 증거이기도 했다.

그리고 최진규에게서 전화 연락을 받고 온 M&S의 사옥도 예전 그 건물이 아니었다.

작년에 본 건물은 청담동에 있는 5층짜리 건물이었는데, 지금은 비록 층수는 더 높은 빌딩에 거주하고 있지만 정작 사용하는 공간은 1층 구석과 지하1, 2층뿐이었다.

아무래도 세가 기울다 보니 규모를 줄이고, 줄이다 보니 이렇게 된 듯 보였다.

"정말 저희에게 50억을 투자하시겠다는 생각이 변함이 없나요?"

"그렇소."

이혜연은 정말로 이 회사에 50억을 투자하려고 하는 것이 맞는지 다시 한 번 물었다.

그리고 성환은 얼굴색 하나 변하지 않고 바로 대답을 해 주었다.

"무엇을 보고 저희 회사에 투자를 하시려는 것이죠? 솔직히 제 남편이 운영하던 것만 아니라면 저도 진즉 포기했을 곳인데……."

성환이 회사에 투자를 하겠다고 대답을 했음에도 혜연을 성환의 의중을 알 수가 없어 이렇게 다시 한 번 물었다.

그런 혜연의 물음에 성환은 담담히 대답을 했다.

"내가 누군지는 옆에 있는 전무에게 들었을 것이니 그건 생략하기로 하고, 내가 여기에 투자를 하려는 것은 다른 의도가 있는 것이 아니라, 내 조카를 위해서요."

"조카?"

"작년까지 여기 연습생으로 있으며 데뷔를 준비하던 아입니다."

이혜연이 성환의 말에 의아해하자 옆에 있던 최진규가 이혜연의 귀에 귓속말로 수진에 관해 알려 주었다.

"조카가 여기 연습생이었다구요?"

"그렇소, 작년 그 사고가 있기 전까지는 말이지."

작년 사고를 이야기하며 성환의 눈살이 살짝 찡그려졌다.

의지 견정한 성환이라도 작년에 있던 사건들을 생각할 때는 저절로 인상이 구겨졌다.

그만큼 그에게 가슴 아프고 후회되는 일이기 때문이다.

그런 성환의 모습을 곁눈질로 살피고 있던 최진규는 자신도 모르게 온몸이 굳어지며 긴장되었다.

죄진 것이 있다 보니 절로 발이 저린 것이다.

그리고 혜연도 작년 사고에 대한 언급을 하자 그제야 누군지 깨닫게 되었다.

비록 그 일과 혜연은 직접적 연관이 있는 것은 아니지만 M&S엔터가 어떻게 운영되고 있는지는 누구보다 잘 알고 있었다.

사실 혜연도 젊을 때 이 회사 소속의 연예인이었다.

다만 사장인 최신규가 그녀를 사랑했기에 성상납이나 이런 것에 불려가지 않고 활동을 하다 그와 결혼을 하면서 연예계를 떠났지만 말이다.

"좋아요. 그럼 어제 하신 제안대로 투자금을 전액 주식으로 받으시겠다는 것이 사실인가요?"

"그렇소, 사실 증권사를 통해 주식을 사들일 수도 있긴 하지만 어제 들어 보니 회사 사정이 안 좋다고?"

"맞아요. 며칠 뒤 돌아오는 어음을 결제하지 못하면 회사는 부도예요."

혜연은 성환의 물음에 직접적으로 회사에는 약점이 될 수도 있는 문제를 그대로 들려 주었다.

어차피 현재 상태로는 M&S엔터는 가망이 없었다.

잘 나가는 연기자가 소속되어 있는 것도 아니고, 그렇다고 자본금이 넉넉해 투자를 더 해 줄 수도 없는 상태였다.

뿐만 아니라 돈이 부족해 약속 어음을 돌렸기에 돌아오는 기일에 어음을 막지 못하면 M&S엔터는 부도가 날 것이다.

그렇기에 혜연은 숨기고 자시고 할 것도 없이 다 말해 주었다.

"내가 굳이 투자한 돈을 주식으로 받으려는 것은 다른 뜻이 있어서 그런 것이 아니라, 조금 전에도 말했다시피 내년이면 미국에 공부 중인 조카가 한국에 돌아올 것이오. 이제 남은 유일한 혈육이 조카 하나뿐이라 난 조카의 꿈인 연예인이 되는 것을 들어줄 것이오. 하지만 또 다시 작년과 같은 사고가 발생하는 것을 두고만 볼 수 없소."

성환이 장황하게 설명을 하고 있지만 결국 이야기를 간추리자면 수진의 꿈이 연예인이라 그 꿈을 이뤄 주기 위해서 기획사가 필요하지만, 성상납과 같은 사고가 또 다시 되풀이되는 것을 막기 위해 직접 영향력을 행사할 수 있게 기획사에 대주주가 되어 간섭을 하겠다는 것이었다.

모든 이야기를 들은 혜연은 성환의 말이 납득이 되었다.

자신도 처음 연예계에 데뷔를 할 때 이런 후견인이 있었다면 연예계의 더러움을 보지 않고 꿈을 꾸며 살아갈 수 있었을 것이다.

하지만 자신이 생각하던 연예계는 그런 꿈만 가지고는 살아갈 수 없는 곳이란 것을 알기까지 그리 오래 걸리지도 않았다.

혜연이 데뷔를 한 곳은 M&S엔터가 아닌 다른 기획사였다.

각고의 노력으로 어느 정도 인지도가 생겼을 무렵 계약이 만료될 시점에 혜연은 M&S로 팔리듯 넘어오게 되었다.

모든 것이 혜연을 눈독 들인 최신규 사장의 수작으로 그리된 것이지만 혜연도 그런 사실은 결혼 후에 알게 되었다.

어찌 되었든 기획사를 옮기고 또 결혼을 하고 혜연 자신에게 잘하는 남편에게 불만은 없었다.

어차피 여배우 나이 서른이 넘으면 전성기는 지난 것이고, 또 자신이 톱스타 정도의 이름값을 하는 것도 아니기에 결혼을 하는 것에 망설임도 없었다.

아무튼 성환이 들려 준 이야기에 그가 뭔가 음흉한 생각으로 자신의 회사에 투자를 하는 것이 아니란 것을 알게 되자 마음이 좀 편해졌다.

솔직히 그동안 주변의 유혹이 너무도 심해 혜연은 심신이 지쳐 있었다.

남편은 외국에 나갔다 교통사고를 당해 죽고, 잘나가던 회사는 알 수 없는 이유로 소속 연예인들이 줄줄이 퇴출이 되고, 또 아무리 노력을 해도 출연 기회조차 주지 않는 때문에 연기자들도 소속사를 옮겼다.

계약 기간이 남아 있는 연예인들도 속속 위약금을 물고 M&S와 계약을 해지했다.

사실 연예인과 소속사의 관계는 계약 관계로 어느 한쪽이 제 역할을 못해 줄 때는 계약 해지 또는 위약금을 물게 할 수가 있었다.

외부의 압력으로 M&S가 소속 연예인들에게 제대로 해

주지 못하는 시점에서 연예인들을 구속할 어떤 수단도 가지지 못하게 되었다.

그 때문에 위약금도 제대로 받지 못하고 계약 해지를 해줄 수밖에 없었다.

이러다 보니 M&S엔터는 지금의 신세가 되었다.

"좋아요, 계약을 하죠. 그럼 여기, 계약 서류를 살펴보시고 의문 나는 점은 물어보세요."

이혜연은 테이블 위에 있는 서류 하나를 성환의 앞으로 밀며 말했다.

성환은 자신의 앞에 놓인 서류를 살피기 시작했다.

그리고 살펴본 서류를 자신의 옆에 있는 변호사에게 넘겼다.

그는 최진혁의 고문 변호사로 예전 만수파의 고문 변호사였던 김인수를 대신해 샹그릴라 호텔의 고문 변호사로 선임된 사람이었다.

김인수는 샹그릴라 호텔 사장인 최만수가 폭력 조직 만수파의 두목인 것을 알고 있었다.

그래서 처음 샹그릴라 호텔 고문 변호사로 들어갈 때 작정을 하고 최만수와 협의를 거쳐 만수파의 고문 변호사 자리까지 꿰찼다.

하지만 그런 욕심은 결국 자신의 목을 졸라 운명을 달리했지만 어찌 되었든 지금 성환과 동행한 그는 현 샹그릴라 호텔의 고문 변호사였다.

최진혁의 주선으로 성환을 따라 그가 하는 계약 건을 수임하기 위해 함께 자리했다.

"이상 없습니다."

변호사가 이상 없다는 말을 하자 성환은 계약서에 서명을 했다.

성환은 50억을 주고 M&S엔터 주식 760만 주를 가지게 되었다.

이것은 현재 M&S엔터가 발행한 주식의 48%에 달하는 엄청난 숫자였다.

사실 M&S엔터가 어려워진 것에는 떨어지는 주가를 막기 위해 주식을 사들인 것도 이유였지만, 그때 사들인 주식을 이번에 성환에게 넘기면서 조여 오던 숨통을 조금은 트이게 되었다.

"감사합니다."

"아니오. 내가 필요해서 M&S에 투자를 하는 것이니 고마워할 필요는 없소. 그리고 비록 내가 최대 주주가 되기는 했지만, 이혜연 사장의 경영에 참견할 생각은 없으니 앞으로도 지금 이대로 회사를 운영해 주기 바라오."

"알겠습니다. 절 신뢰해 주시는 것에 감사들입니다."

이혜연은 주식을 넘기면서 자신보다 주식 보유 수량이 월등해진 성환에게 경영권이 넘어갈 것이라 생각을 했다.

그런데 자신을 사장의 자리에서 물러나게 하는 것이 아니라 계속 유임시킨다는 말에 고마운 마음이 들었다.

"회사 운영을 하면서 어려운 일이 있다면 언제든 연락을 하시오. 내가 일이 있다면 샹그릴라의 최진혁 사장이라도 보낼 터이니, 그럼."

"알겠습니다. 그럼 살펴 가십시오."

"살펴 가십시오."

성환은 계약을 끝내고 M&S엔터 사장실에서 나갔다.

사무실을 나가는 성환의 뒤에 인사를 하고 계약서를 들여다보던 혜연은 잠시 뭔가를 골똘히 생각을 하기 시작했다.

'그런데 젊은 사람이 말하는 것이 어울리지 않게 노인네 같은 말투람?'

사실 말은 하지 않았지만, 이야기하는 내내 성환의 말투가 이상하다고 생각했던 혜연은 계약을 앞두고 그런 것을 말했다가 계약이 틀어질까 말은 하지 않았지만 너무도 이상했다.

많이 쳐 줘도 20대 후반으로 밖에 보이지 않는 성환이 30대 중반인 자신에게 노인네처럼 '그러시오', '하시오' 이런 식으로 말하는 것이 여간 웃긴 것이 아니었다.

생각하면 생각할수록 성환의 말투에 의문이 생긴 혜연은 자신의 옆에 있는 최진규를 보며 물었다.

"진규 삼촌, 그런데 방금 전 그 연습생의 삼촌이란 사람……

나이가 얼마기에 그렇게 말투가 그래요?"

혜연의 물음에 최진규는 계약서를 살피다 고개를 돌렸다.

"방금 뭐라고 했습니까?"

"방금 그 사람 나이가 어떻게 되냐고요."

"아!"

최진규는 혜연이 무엇 때문에 성환에게 그런 관심을 보이는지 알지는 못하지만 일단 물어봤으니 알려 줬다.

"제가 알기로는 마흔이 조금 안 된 것으로 알고 있습니다."

혜연은 최진규의 말을 듣고 경악을 했다.

마흔이 못되었다면 적어도 30대 후반이란 소리고, 35살은 넘었다는 소리다.

즉, 자신과 비슷하거나 많다는 소리인데, 조금 전 자신이 보기에는 자신보다 못해도 5살은 어려 보였다.

"정말로 그 사람 나이가 그렇게나 많아요?"

"그럴 겁니다. 작년에 볼 때 군인이었는데, 대령이란 계급을 달고 있었으니…… 못해도 그 정도는 되지 않았을까요?"

최진규는 정확하게 성환의 나이를 알지 못하기에 작년에 본 성환의 계급을 언급하며 말했다.

물론 여자인 혜연이 군인들의 계급에 관해서 얼마나 알겠냐마는 그래도 대령 다음에 별을 달고 있는 장군이란 것은 알고 있다.

그리고 장군들은 모두 나이가 많다는 것을 알고 있는 혜연이기에 성환의 나이가 적어도 자신보다는 많다는 것을 깨닫게 되었다.

그러다보니 성환의 말투가 나이에 비해 이상하단 생각이 이제는 들지 않았다.

그러면서 관심이 가는 것은 어떻게 하면 그런 피부 상태를 유지할 수 있는가? 하는 것이었다.

나이가 들어도 여자는 여자인 것 같았다.

어려운 처지에 힘들게 회사를 운영할 때는 그런 생각이 들지 않았는데, 오늘 계약을 통해 어느 정도 회사에 여유가 생기자 이런 생각이 든 것이었다.

"호호호호!"

혜연은 갑자기 웃기 시작했다.

자신이 생각해도 지금 자신이 너무도 엉뚱하단 생각이 들었기 때문이다.

외간 남자의 말투나 나이가 뭐가 그리 궁금한 것이라고 그런 것에 관심을 보였던 것인지 지금 생각해도 자신이 너무도 어이가 없어 웃음만 나온 것이었다.

'무슨 일이지?'

느닷없이 웃기 시작하는 혜연을 보면서 최진규는 고개를 갸웃거렸다.

처음 보는 남자에 대해 물어보지를 않나, 그러더니 무슨 생각을 했는지 갑자기 웃기 시작하는 혜연이 걱정이 들었다.

정말이지 최진규는 갑자기 웃기 시작하는 혜연이 걱정이
되었다.

표현은 못하지만 자신이 사모하는 여자가 갑자기 배를
잡고 웃는 모습을 지켜보는 것이 여간 걱정스러운 것이 아
니었다.

"힘드시면 일찍 들어가서 쉬십시오."

"아, 아니에요. 그냥 잠시 엉뚱한 상상을 하다 보니 웃
겨서요."

"정말 괜찮겠습니까?"

"전 괜찮아요. 정말이에요."

자신을 걱정해 물어 오는 진규에게 혜연은 자신은 괜찮
다는 말을 하며 그의 걱정을 덜어 주었다.

"전 괜찮으니 그만 나가 보세요. 참! 그 수진이라 아이에
관한 서류 좀 가져다주시고요."

혜연은 거듭 자신은 멀쩡하다는 말을 하고, 진규에게 나
가 보라는 말을 하였다.

그리고 나가는 최진규의 뒤에 대고 방금 전 계약을 하면
서 언급된 수진에 관한 서류를 가져다달라는 부탁을 했다.

"알겠습니다."

최진규는 나가면서 대답을 하고는 사장실을 나왔다.

사무실을 나오는 최진규의 표정은 성환이 있을 때 보다
많이 편해졌다.

그동안 회사가 기울어져 가는 것을 맥없이 지켜보기만 했는데, 용기를 내 최진혁을 찾아갔던 것이 정말 잘한 일이라 생각하며 자신이 너무도 기특했다.

우유부단하고 최신규 사장의 지시에 수동적으로만 움직였던 자신이 최신규 사장 사후 이렇게 능동적으로 움직여 회사를 살렸다는 것이 너무도 자랑스러웠다.

그러는 한편 오랜만에 본 이혜연의 밝은 표정과 웃음은 최진규의 가슴에 작은 불을 지폈다.

물론 그에게 아내와 자식이 있었다.

하지만 이혜연에 관한 연모는 일반 남녀의 육체적 사랑을 뜻하는 것은 아니었다.

최진규에게 혜연은 우상이요, 영원한 프리마돈나다.

그렇기에 소심한 자신보다는 최신규와 더 잘 어울릴 것이라 생각해 최신규와 이혜연이 결혼을 발표했을 때도 묵묵히 뒤에서 둘을 지켜보았다.

그러니 오늘 이혜연이 성환에게 관심을 표하자 잠시 표정이 어두워졌다가 다시 펴졌다.

그녀에게 다른 남자가 생기는 것이 싫기는 하지만, 그녀의 웃는 모습을 본다는 것을 생각하니 그 정도는 참을 수 있을 것도 같았다.

하지만 이런 생각은 최진규가 너무 앞서 가는 것이기도 했지만, 그것을 생각할 정도로 최진규에게 생각의 여유가 없었다.

◈　　◈　　◈

"사형, 저 잠시 나갔다 와도 되겠습니까?"

"무슨 볼일이라도 있나?"

"예, 본가의 일로 좀 다녀올 곳이 있습니다."

양명은 아버지 양창위가 지시한 일 때문에 금련방 한국 지부에 가야만 했다.

그렇기에 사형인 진룡에게 외출 허락을 구하는 것이다.

"음."

진룡은 양명의 이야기를 듣다 작게 신음을 했다.

그도 양명의 집안이 무엇을 하는 곳인지 잘 알고 있기 때문이다.

하지만 그렇다고 그런 것을 내색할 필요는 없었다.

"알았다. 얼마나 걸릴 것 같으냐?"

"전할 말이 있어서 그런 것이니 금방 말만 전하고 오겠습니다."

"그럼 그렇게 해라."

"감사합니다."

말만 전하고 온다는 말에 진룡은 순순히 허락을 했다.

하지만 어제 밤늦게까지 고민을 하는 양명의 모습을 봤

기에 진룡의 마음은 무거웠다.

그리고 양명 또한 자신의 일을 사형인 진룡에게 말해 줄 수 없는 것이 괴로웠다.

소림사에 있으면서 자신에게 많은 도움을 준 사형이기에 더욱 그러했다.

사실 양명에게 진룡은 그저 자신보다 먼저 소림사에 들어온 제자가 아닌 마음으로 따르는 아버지와 같은 존재였다.

양명과 진룡의 나이 차이도 사실 15년이나 차이가 나기에 더욱 그러하였다.

어려서부터 아버지의 사랑보다는 가문의 영광을 위해 희생을 강요받고 커 온 양명에게 진룡의 존재는 망망대해의 등대와 같은 존재다.

그런 진룡을 속이고 나가려는 것이 여간 가슴이 아픈 것이 아니었다.

하지만 진룡에게 자신의 집안에 관해 알리고 싶은 생각이 없는 양명은 억지로 그런 마음을 참았다.

진룡이 자신의 집안에 관해 이미 다 알고 있다는 것을 모르는 양명은 진룡을 속였다는 생각에 씁쓸한 가슴을 안고 금련방 한국 지부로 향했다.

5.
작은 인연

조명이 흐릿한 어두운 밀실에 두 명의 남자가 뭔가 대화를 나누고 있었다.

　그런데 대화를 나누고 있는 사내 중 한 명은 바로 서양건설의 김상수 전무였다.

　"그자만 처리해 주면 정말로 10만 달러를 주겠다는 것이오?"

　"그렇습니다. 원래 이 의뢰는 대범파에 했었는데, 권 대형도 알다시피 대범파가 만수파에 의해 박살이 나고 말았습니다. 그래서 대신 일을 처리해 줄 곳이 필요했는데, 마침 권 대형 쪽이 아마도 그쪽과 풀어야 될 일이 있으니 이번 기회에 겸사겸사 함께하시는 것이 어떤가 해서 제안하는 것입니다."

김상수는 이세건의 지시로 대범파에 성환을 죽이기 위한 청부를 넣었지만 도리어 성환에게 대범파가 무너지고 말았다.

물론 외부에는 그것이 만수파가 전격적으로 대범파를 처리한 것으로 알려졌고, 또 김상수 또한 그렇게 알기에 지금 권문갑에게 의뢰를 다시 하는 중이었다.

이미 김상수도 알아볼 것은 다 알아보고 현재 권문갑이 처한 상황이 어떠하다는 것을 알기에 이런 제안을 하였다.

현재 권문갑이 두목으로 있는 금련방 조직이 거래처인 대범파가 무너짐으로써 상당한 피해를 입고 있다는 것을 알아냈다.

그래서 자신의 안전과 이세건 사장이 지시한 의뢰를 동시에 처리하기 위해 권문갑을 찾았다.

그런 김상수 전무의 제안에 권문갑은 한참을 고민했다.

확실히 미화 10만 달러라면 충분히 혹할 만한 금액이었다.

더욱이 들어 보니 그 정성환이란 자와 만수파는 연관이 있는 것 같으니 망설일 것도 없었다.

어차피 만수파를 처리하기 위해 본방에 무력대를 요청했다.

그들이 들어오면 아무리 만수파가 대단하다 해도 그들의

미래는 보지 않아도 뻔했다.

그러니 그들과 관련된 자 한 명 더 추가가 된다고 해도 망설일 필요는 없었다.

"좋아! 그런데 우리가 그 의뢰를 들어주는 대가로 김 전무도 약속을 지키시오."

"물론이지요. 사실 이번 의뢰도 어떻게 보면 그룹 회장님이 지시한 것이나 마찬가지입니다."

"……?"

"그룹 내에 많은 후계자들이 있지만 서양 그룹 총수인 저희 회장님이 가장 사랑하고 있는 사람은 장녀인 김수희 상무입니다. 그런데 하나뿐인 외손자가 그리되었으니 알 만하시죠?"

"그렇군, 그럼 난 김 전무만 믿고 일을 추진하겠소."

"그렇게 하십시오. 일만 잘 마무리하시면 좋은 일이 있을 것입니다."

김상수와 권문갑은 서로 이야기가 좋게 마무리 되자 의기투합이 되었다.

◈　　◈　　◈

"무엇 때문에 또 날 불렀지?"

성환은 M&S엔터에 투자 계약을 끝내고 KSS경호의 사무실로 돌아왔다.

계약한대로 50억은 서명이 완료됨과 동시에 계좌로 입금이 되었다.

그런데 느닷없이 전화가 와서는 다시 보자는 것이었다.

"아까는 계약 때문에 정신이 없어 소개를 못했는데, 일단 회사에 남은 식구들을 아셔야 하지 않겠습니까?"

이혜연의 말을 듣고 보니 또 그랬다.

계약만 하고 자리를 떠나고 나서 자신도 뭔가 빠트렸다는 것이 생각이 났었다.

"음, 그렇군. 참, 나도 할 이야기가 있었는데 잘되었소."

성환은 이혜연이 연락을 한 것에 자신도 잘되었다는 생각이 들어 이렇게 다시 M&S엔터로 돌아왔다.

"그럼 이야기는 천천히 하기로 하고 일단 아이들이 있는 곳으로 가죠."

혜연은 성환의 앞장을 서면서 안내를 했다.

처음 들린 곳은 연습생들이 연습을 하고 있는 30평 정도 되는 큰 실내 연습장이었다.

하지만 30평이나 되는 공간에 연습을 하고 있는 사람은 10여 명 정도뿐이 없었다.

보통 연예 기획사의 이런 연습실에는 최소 4—50명 정도의 인원이 콩나물시루에 콩나물마냥 바글바글 해야 정상인데, M&S엔터는 그렇지 못하고 큰 연습실에 몇 명만 연습하고 있었다.

이것으로 보아 M&S엔터가 얼마나 어려운 처지인지 금방 알 수 있었다.

연습생도 연예인이 되기 위해 자신들을 데뷔시켜 줄 수 있는 곳을 찾아 오디션을 보고 들어간다.

작년까지만 해도 M&S를 찾는 지원자들이 줄을 이었다.

연습생을 뽑는 오디션에도 몇 백 명이나 지원을 할 정도로 인기가 높았다.

하지만 그것도 작년 가을까지였다.

사고가 발생하고 그 뒤로 M&S엔터는 연예인을 성상납하고 데뷔를 시키는 파렴치 기획사로 소문이 났다.

그 때문에 방송국이나 다른 곳으로부터 각종 압력을 받으며 소속 연예인들도 뺏기고 출연 정지 등을 받으며 어려움에 처하면서 지금의 지경에 이르렀다.

지금 연습실에서 연습을 하고 있는 아이들도 성환이 보기에 자신들을 받아 주는 곳이 없어 억지로 남아 있는 것이 여실히 보이고 있어 미래가 걱정이 되기도 했다.

사장인 혜연이 손님과 와서 보고 있다는 것을 뒤늦게 깨달은 연습생이 얼른 자리에서 일어나 인사를 했다.

"앗, 사장님! 안녕하세요."

"안녕하세요."

먼저 발견한 아이가 인사를 하자 다른 연습생들도 혜연

을 보며 인사를 했다.

"그래, 연습 열심히 해, 실력이 빨리 늘어야 데뷔도 빨라지니."

"알겠습니다."

혜연의 말에 대답을 하는 아이들은 말로는 알았다는 대답을 하였지만 마음속으로는 다른 생각들을 하고 있었다.

물론 그것은 혜연이 모르는 것은 아니었다.

몇몇 아이들이 다른 기획사에 오디션을 보러 다닌다는 이야기를 듣기도 했다.

하지만 그런 것은 애써 모른 척했다.

성환은 혜연의 뒤에서 그런 혜연과 연습생들을 잠시 지켜보며 뭔가를 생각했다.

'이 상태로는 안 되겠군.'

아무리 연예계에 대해 알지 못하는 성환이 보기에도 현재 M&S엔터의 사정은 엉망이었다.

이미 마음이 떠난 이들은 과감하게 잘라야 하는데 사장인 이혜연은 그러지 못하고 있었다.

첫 번째 방문한 연습실에서 M&S의 현실을 보게 된 성환은 두 번째 연습실로 걸어가며 혜연에게 말을 걸었다.

"금방 계약을 했다고 경영에 참견하는 것 같아 망설였지만, 이 말은 해야 할 것 같군."

"네?"

"마음이 떠난 이들을 굳이 함께 데려갈 필요가 있을까?"

"하지만……."

"회사에 예산이 넉넉하지도 않은 지금 그런 아이들까지 데리고 있다가는 아직 의욕이 남아 있는 아이들까지 분위기에 휩쓸릴 수 있으니 이 기회에 확실히 하고 가는 것이 좋을 것 같소."

성환은 괜히 그런 아이들 때문에 노력을 하고 있는 아이들까지 분위기에 휩쓸려 M&S에 마음을 두지 못하고 방황할 것을 들어 이미 마음이 떠난 아이들은 모두 자를 것을 종용했다.

혜연도 성환의 말에 잠시 망설였다.

그의 말이 100% 맞는 말이기 때문이었다.

하지만 그동안 고생한 아이들이 잠시 방황한다고 매몰차게 회사 밖으로 쫓아내는 것이 옳은 일인지 판단을 할 수가 없어 대답을 하지 못했다.

2연습실도 마찬가지였다.

몇 남지 않은 연습생을 1연습실과 2연습실 두 곳으로 나눈 이유가 아무래도 남, 여로 나눈 듯 보였다.

확실히 아무리 적은 인원이라고 하지만 남녀를 함께 연습을 시킬 수는 없는 문제니 그럴 수밖에 없다는 생각을 하였다.

그런데 성환은 혜연의 뒤를 따라다니며 M&S를 구경하

며 이상한 점을 발견했다.

분명 M&S엔터에는 가수뿐 아니라 연기자들도 있다.

그렇다면 가수 연습생뿐만 아니라 연기자 지망생도 있어야 하는데, 그런 이들이 보이지 않았다.

이를 궁금히 여긴 성환이 물었다.

"그런데 M&S에는 배우 지망생은 없습니까?"

"그게."

성환의 갑작스런 물음에 혜은은 당황해 바로 대답을 하지 못했다.

그도 그럴 것이 M&S에는 현재 연기자 지망생이 한 명도 없기 때문이다.

이미 회사가 힘들어질 때 연습생을 가르치던 트레이너들이 먼저 회사를 그만두었기 때문에 배우를 꿈꾸던 연습생들도 덩달아 그만두거나 다른 기획사로 갈 수밖에 없었다.

그나마 가수를 꿈꾸는 아이들은 춤을 연습할 공간이나, 노래를 연습할 공간이 있으니 남아 있었지만 배우를 지망하는 아이들은 자신들을 가르쳐 줄 트레이너가 없는 M&S에 남아 있을 필요성을 느끼지 못해 모두 떠났다.

물론 기획사에 속한 선배 연기자들에게 배울 수도 있지만 M&S엔터가 어려워지자 그들도 모두 소속사를 바꿔 떠났다.

그러니 현재 M&S에 남은 연습생이라고는 가수를 지망

하는 아이들뿐이었다.

"현재 연습생 중에는 배우를 지망하는 아이들은 한 명도 없어요."

뭔가 자조적인 표정으로 혜연은 그렇게 대답을 했다.

혜연의 말을 들은 성환은 연습생은 더 볼 것도 없다는 생각에 M&S에 남은 연예인들을 보기로 했다.

"그럼 회사에 남은 식구는 누가 있죠?"

"예, 데뷔를 한 이들은 곧 도착을 할 거예요."

M&S에 남은 연예인들은 적은 스케줄이지만 그것을 해결하고 사장인 혜연의 연락을 받고 돌아오고 있었다.

그래서 성환에게 곧 도착한다는 말을 하였다.

◈　　◈　　◈

M&S엔터의 내부를 견학한 성환은 처음 계약을 했던 사장실에서 차를 마시며 기다리고 있었다.

스케줄을 마치고 돌아오는 M&S엔터 소속의 연예인들을 만나기 위해서였다.

회사의 대주주로서 자신이 투자한 회사의 연예인을 면담하는 것은 당연한 것이기에 기다리는 것이다.

차를 마시며 기다리고 있을 때, 밖에서 조금 소란스러운 소리가 들리면서 일단의 여자들이 들어오고 있었다.

"실장님! 제발 정상적인 곳 좀 잡아 주세요. 오늘도 이상한 아저씨들이 애들에게 달려들었다고요."

"미안하다. 내 전무님께 보디가드라도 붙여 달라고 말해 볼 테니 오늘은 그만 화 풀어라."

"정말이죠? 이번에도 말로만 그러면 저 가만 안 있을 거예요."

철컥!

"언니! 저희 왔어요."

사장실의 문이 열리며 씩씩한 여자의 우렁찬 목소리가 들려왔다.

성환은 지금까지 M&S를 돌아보며 이렇게나 활달한 목소리의 주인공이 있을 것이라고는 상상도 못했다.

그래서 고개를 돌려 목소리의 주인공을 찾아보았다.

그런데 목소리의 주인공은 의외로 왜소한 체격의 귀여운 여자아이였다.

복도에서 실장이란 사람에게 대차게 따지던 목소리의 주인공이라고 보기에는 참으로 반전이 있는 외모였다.

한편 큰소리를 지르며 사무실로 들어서던 수영은 사무실 안에 혜연 말고도 처음 보는 남자가 있자 깜짝 놀랐다.

"어머, 죄송합니다."

얼른 고개를 숙이며 사과를 한 수영은 고개를 돌려 혜연을 쳐다보았다.

"호호호호!"

"사장님!"

자신의 당황하는 모습에 혜연이 큰 소리로 웃어 대자 수영은 작게 혜연의 직함을 불렀다.

그리고 수영을 따라 사무실 안으로 들어가려던 사람들은 입구에서 들어가지 않고 당황해 안절부절 못하는 수영의 모습을 의아하게 쳐다보았다.

"모두 들어와!"

혜연은 수영이 입구를 막고 있어 들어오지 못한 다른 사람들에게 소리쳐 불렀다.

그제야 정신을 차린 수영이 자리를 피해 주자 뒤에 있던 그녀의 동료들과 실장이라 불린 그녀들의 매니저가 들어왔다.

성환은 사무실 안으로 들어오는 여자들을 말없이 지켜보았다.

그런 성환을 보며 혜연이 사무실로 들어온 여자들을 소개했다.

"여기는 최나영 실장이에요. M&S의 매니저실 실장을 하고 또 여기 아이들의 매니저까지 겸임하고 있습니다. 그리고……."

먼저 들어온 수영의 뒤에 들어온 최나영 실장은 혜연이 안에 있는 젊은 남자에게 존칭을 하며 자신들을 소개를 하자 의아했다.

무엇 때문에 급히 자신들을 부른 것인지 궁금하기도 했지만, 일단 소개가 끝나길 기다렸다.

"여기 외모와 다르게 우렁찬 목소리의 주인공은 저희 M&S가 밀고 있는 그룹 트윙클의 리더 이수영이고, 예명은 성을 뺀 수영이에요. 그리고 이 옆에 있는 아이는 트윙클의 리드보컬을 담당하고 있는 최미영이에요. 예명은 수영이와 마찬가지로 성을 뺀 미영이고, 그 옆에 예쁘장한 아이는 트윙클의 얼굴을 담당하는 임아영 예명은 아영이에요."

성환은 혜연의 설명을 들으며 실장인 최나영을 뺀 남은 4명의 여자 아이들이 트윙클이란 그룹이고 예명은 성을 뺀 이름이 예명으로 쓰이는 것을 알게 되었다.

각자 개성도 뚜렷하고 또 끼도 있어 보였다.

그런데 문득 이상한 생각이 들었다.

마치 이들의 이름을 어디선가 들어 본 적이 있는 것 같았다.

'어디서 들어 본 이름들인데?'

성환은 어디서 들어 본 이름이란 생각에 그들의 이름을 어디서 들었는지 생각해 내기 위해 인상을 섰다.

그런 성환의 표정에 혜연은 잠시 당황했다.

자신의 소개에 뭔가 마음에 들지 않은 것이라도 있는 것은 아닌지 걱정이 된 것이다.

현재 그나마 M&S엔터에서 수익을 내고 있는 것은 데뷔한 지 7개월이 된 트윙클뿐이었다.

그런데 이 아이들을 소개하는 자리에서 대주주인 성환이 인상을 찡그리는 것에 겁이 덜컥 났던 것이다.

혹시라도 투자 철회를 할지 모르기 때문이다.

"무슨 마음에 들지 않는 것이라도 있나요?"

혜연이 조심스럽게 성환에게 질문을 하자 트윙클이라 소개된 아이들도 덩달아 가슴을 졸였다.

자신들의 뭐가 마음에 들지 않기에 소개를 하는 자리에서 인상을 쓰는 것인지, 그리고 무엇 때문에 사장인 혜연이 조심스러운지 모두 걱정이 되었다.

"아! 방금 뭐라고 했지?"

성환은 방금 트윙클이라 소개받은 아이들의 이름을 어디서 들어 봤는지 생각이 났다.

그런데 자신을 보며 걱정스런 눈빛으로 물어 온 혜연의 질문은 정확하게 듣지 못해 되물었다.

"아니, 제 소개에 뭔가 마음에 들지 않는 것이라도 있는지……."

"아, 뭔가 오해를 했나 보군!"

성환의 말에 혜연은 자신도 모르게 그 말을 따라했다.

"오해요?"

"그래, 난 저기 있는 아이들의 이름을 어디에선가 들어 본 듯해서 생각 좀 하느라 딴생각 좀 했소."

"아, 그래요."

성환과 사장인 혜연이 이렇게 이야기를 하고 있을 때, 수영은 자신의 옆에 있는 아영의 옆구리를 찌르며 귓속말을 했다.

"아영아, 저기 저 오빠 말하는 거 너무 이상하지 않아? 꼭 할아버지들 말하는 것 같아."

수영의 말을 들은 아영도 성환의 말투가 이상하다는 것을 통감하며 작게 말했다.

"응, 나도 그렇게 생각해. 그런데…… 잘생겼다."

"어? 막내 이것이 벌써 남자를……."

"아냐, 그런 거. 그냥 저사람 잘생겼잖아."

수영과 아영이 귓속말로 티격태격하면서 이야기를 하고 있었지만, 그 둘의 대화는 성환의 귀에 너무도 잘 들리고 있었다.

'귀여운 아이들이군.'

한편 혜연은 성환의 이야기를 듣고 뭔가 깨닫는 것이 있었다.

성환이 수진의 외삼촌이란 것을 들어 알게 된 혜연이라 아마도 성환이 수진에게서 이들의 이름을 들었을 것이라 생각했다.

"수진에게 들으셨나요?"

수영과 아영은 이야기를 하다 갑자기 혜연이 수진의 이름을 언급하자 하던 이야기를 멈추고 혜연을 쳐다보았다.

무엇 때문에 지금 수진의 이름이 거론된 것인지는 모르지만 아마도 저기 쇼파에 앉아 있는 남자와 수진이 관계가 있을 것으로 짐작했다.

작년까지 함께 데뷔하고자 노력을 했는데, 사고 후 수진과 몇 명의 멤버가 그룹을 이탈했다.

그 뒤로 그들의 소식을 듣지 못했는데, 1년 만에 함께 연습했던 동생의 이름을 듣게 되자 무척이나 그 소식이 궁금했다.

하지만 수영이나 아영 등은 현재 자신이 이야기 속에 끼어드는 것이 예의에 어긋난 행동이란 것을 알기에 참았다.

쇼파에 앉은 남자가 나가면 그때 물어도 되는 일이기에 궁금하지만 지금은 참을 수밖에 없었다.

이들이 이렇게 참고 있을 때, 성환은 최나영 실장에게 물었다.

"그런데 방송 출연이 힘들다고 알고 있는데, 오늘 있던 스케줄이 어떤 것이었나?"

성환은 조금 전 수영이 들어오면서 하던 이야기가 생각

나 물은 것이었다.

마침 경호원 이야기가 수영의 입에서 나왔기에 이번 기회에 이들에게 KSS경호의 인력을 배치하려는 생각이었다.

한편 자신에게 모르는 남자가 아이들의 스케줄에 관해 물어 오자 인상을 찡그렸다.

아이들이 예쁘다 보니 주변에서 남자들이 많이 치근덕거리기 때문에 그런 것인데, 사장인 이혜연까지 조심스럽게 대하는 남자의 정체를 알지 못해 말을 하기가 꺼려졌다.

그런 최나영 실장의 생각을 알고 있는 것처럼 이혜연이 얼른 대답을 했다.

"말씀드리세요, 대주주세요."

이혜연은 성환에 대해 설명을 했다.

성환의 정체가 회사의 대주주란 것을 듣자 최나영은 할 수 없다는 표정으로 대답을 했다.

"예, 말씀대로 방송 스케줄이 있던 것은 아닙니다. 대학 축제 오프닝 게스트로 섭외가 되어 갔다 온 것입니다."

지금이 가을이라 한창 대학들의 축제 기간이긴 했다.

최나영의 이야기를 들은 성환은 수영이 말한 것을 끄집어내며 물었다.

"그런데 그곳에서 무슨 일이 있기에 경호원에 관한 이야기가 나온 것이지?"

"그건⋯⋯."

최나영은 오늘 축제 오프닝 무대를 하고 내려오던 아이들에게 술 취한 남학생들이나 축제를 찾은 남자들의 지나친 행동이 생각나 인상을 구겼다.

전에도 이와 비슷한 일이 있었다.

어떻게 알았는지 작년에 있던 사건을 꺼내며 피해자인 아이들을 비방하고, 자신의 꿈을 이룩하기 위해 노력하는 아이들을 폄하하는 인간들이 있었다.

오늘도 그런 부류의 남자들이 술에 취해 막말과 음담패설을 아이들 앞에 늘어놓았다.

계중에는 무대를 내려오는 아이들을 덮치려는 사람까지 있었다.

다행히 사고는 일어나지 않았지만, 무대 밑에서 기다리던 나영에게 가슴이 철렁하게 만드는 일이었다.

"약간의 해프닝이 있기는 하지만 별다른 일은 없었습니다."

"실장님! 어떻게 별일이 없었어요. 오늘 하마터면 아영이가 치한에게 덮쳐질 뻔했는데요."

"그게 무슨 소리지?"

수영과 나영의 이야기를 듣던 혜연이 중간에 끼어들었다.

스케줄을 갔다가 무슨 일이 있었기에 최 실장의 말에 언제나 고분고분하던 수영이 저리 말하는 것인지 궁금했기 때문이다.

이야기를 들어 보니 뭔가 사고가 있었는데, 최나영 실장은 해프닝으로 넘기려는 것 같아 물었다.

최나영은 손님이 가신 뒤 말하려 했는데, 이왕 이렇게 이야기가 나오자 하는 수없이 모든 것을 말했다.

"그게……."

이전부터 트윙클 무대만 따라다니며 비방을 하는 사람들이 있다는 소리였다.

더군다나 이번에는 비방만 한 것이 아니라 술까지 먹고 아이들에게 접근을 했다는 것이다.

그 때문에 하마터면 막내인 아영이 다칠 뻔했다.

다행이라면 근처에 있던 진행 요원의 도움으로 빠져나올 수 있었다.

모든 이야기를 들은 혜연은 인상을 구길 수밖에 없었다.

소속 연예인을 무방비로 방치했다는 생각에 아이들에게 너무도 미안했다.

그리고 상처가 있는 아이들을 그렇게나 괴롭히는 이들에게 크나큰 분노를 느꼈다.

"알겠어요. 앞으론 그런 일이 없게 경호원을 배치하겠어요."

"감사합니다."

"사장님, 감사합니다."

경호원을 배치하겠다는 혜연의 말에 최나영 실장은 물론

이고 수영과 다른 트윙클 멤버들도 다 같이 감사 인사를 했다.

앞으론 경호원이 붙기에 오늘과 같은 불미스런 일이 일어나지 않을 것이란 생각에 너무도 기쁜 트윙클 멤버들이었다.

옆에서 모든 이야기를 들은 성환이 이때다 싶어 끼어들었다.

"앞으로 M&S엔터에 속한 연예인들의 경호는 내가 보내 주도록 하지."

"네?"

갑작스런 성환의 말에 혜연은 물론이고, 사무실 안에 있던 모든 사람들이 눈을 동그랗게 뜨며 놀랬다.

"마침 내가 경호 회사를 운영하니 경호원들을 붙여 주겠다고."

"아, 고맙습니다, 대주주님!"

"오빠, 쌩유 베리 감사!"

성환이 경호원을 붙여 주겠다는 말에 혜연이 감사의 말을 할 때, 수영도 덩달아 영어와 한국말이 뒤섞인 이상한 말로 감사를 표했다.

그런 엉뚱한 수영의 모습에 성환은 자신도 모르게 헛웃음을 지었다.

"허허허."

하지만 성환의 그런 웃음소리에 태클을 거는 사람이 있

있는데, 그 사람은 바로 수영이었다.

그룹의 리더이지만 엉뚱하고 호기심 많은 그녀는 조금 전부터 성환의 그런 노인과 같은 말투가 마음에 들지 않아 물었다.

"그런데, 오빠는 외모는 안 그런데 말투가 그래요?"

"응?"

"몰라서 그래요? 나이 많은 사람처럼 음……."

성환은 당돌한 수영의 모습에 어이가 없기도 해 허탈한 웃음만 지을 수밖에 없었다.

한편 성환이 수진의 삼촌이고, 나이도 자신보다 많다는 것을 알고 있는 혜연은 당황한 표정을 지으며 안절부절 하였다.

솔직히 자신도 최진규 전무에게 듣기 전까지만 해도 젊은 사람이 이상하다고만 생각했었다.

그런데 조카뻘인 수영이 성환에게 당돌하게 말을 하는 모습을 보니 속이 후련하면서도 또 한편으로는 뭔가 불안한 마음에 가슴이 두근거렸다.

한편 성환도 조카인 수진과 비슷한 또래의 아이에게 오빠라 불리는 것 때문에 많이 당황했다.

물론 기분이 나쁜 것은 아니지만, 너무도 생소한 단어에서 오는 괴리감 때문에 수영을 어떻게 대해야 할지 부담스럽기도 했다.

한참을 그렇게 있다 안 되겠다는 생각에 성환은 일단 자리를 뜨기로 했다.

볼 사람도 봤고, 또 자신이 하고자 했던 말도 했으니 오늘은 이만 일어나기로 하였다.

"오늘 이곳에서 일도 다 봤고, 또 내가 생각했던 것도 말했으니 오늘은 이만 돌아가기로 하지. 참, 최 전무에게 필요한 것이 있으면 연락하기로 하고."

"알겠습니다. 그렇게 전하겠습니다."

"그래, 그리고 경호원들은 내가 돌아가서 바로 보내 주지."

"감사합니다."

"그럼, 오늘 즐거웠다. 그리고 앞으로 잘해 보자."

성환은 혜연과 이야기를 마치고 사무실을 빠져나가면서 마지막으로 트윙클 멤버들에게 인사말을 남기고 사무실을 나갔다.

◈　　◈　　◈

성환이 밖으로 나가자 사무실 안은 곧 소란스러워졌다.

M&S엔터의 유일한 아이돌 그룹인 트윙클 멤버들은 정환의 정체가 무척이나 궁금해 도저히 참을 수 없었기 때문이었다.

이제 20대에 들어선 아가씨들인 이들은 젊고 잘생긴 외모와 사장인 이혜연도 존칭을 하는 성환의 모습 등은 이들의 궁금증을 자아냈다.

물론 이들뿐 아니라 실장인 최나영 또한 성환의 정체가 궁금하긴 마찬가지였다.

나영은 단순히 대주주라고 사장인 이혜연이 그런 태도를 보인다고 생각지 않았기에 오히려 단순히 외모가 잘생겼다는 것 때문에 방정을 떨고 있는 수영 등과는 좀 다른 의미로 궁금하였다.

"단순한 주주가 아니죠?"

최나영은 혜연을 보며 똑 부러지듯 말했다.

그런 나영을 돌아본 혜연은 자신을 향해 눈을 반짝이는 트윙클 멤버들을 돌아보며 한숨을 쉬었다.

"휴……."

한숨을 쉬는 혜연에게 이번에는 수영이 나서서 물었다.

"사장님 궁금해요. 알려 주세요, 네?"

자신을 보며 단체로 성환에 대해 압박해 오는 그녀들을 보며 혜연은 자신이 말하지 않는다고 이들이 그냥 넘어가진 않을 것이라 생각하고는 다시 한 번 한숨을 쉬다 성환에 대해 알려 주었다.

"휴, 정말이지……. 그럼 이번 한 번만 알려 줄게. 더 이상 물어보지 마, 알았어?"

"네!"

혜연의 말에 나영이나 트윙클 멤버들은 단체로 대답을 하며 혜연의 입을 주시했다.

그런 아이들의 모습을 보다 진지하게 성환의 정체를 들려 주었다.

"방금 전 그 사람은 너희도 잘 알고 있는 수진이의 외삼촌이다."

"네?!"

혜연의 말을 들은 트윙클 멤버들은 모두 깜짝 놀랐다.

1년 전 불미스런 사고를 당하고 자신들의 곁을 떠난 수진을 모두 기억하고 있었다.

그리고 그녀와 함께 데뷔를 준비하면서 수진의 가족들에 관해 많은 것을 알고 있다.

오랜 기간 함께 연습을 하고 또 합숙을 하면서 데뷔를 준비하다 보니 서로에 대해 자질구레한 사항까지 알고 있는 그녀들이다.

그러다보니 성환에 관해서도 모두 알고 있었다.

그런데 설마 방금 전 자신들이 목격한 사람이 수진의 외삼촌이라고는 도저히 믿기지 않았다.

"사장님, 정말 아까 그 사람이 수진이 외삼촌이 맞아요?"

특히나 수진과 친했던 수영은 믿을 수가 없었다.

분명 자신이 듣기에는 올해로 38살로 알고 있는데, 어떻게 그 얼굴이 30대 후반의 얼굴이란 말인가?

동안도 그런 동안이 없었다.

겨우 자신들과 차이도 얼마 나 보이지 않는 그런 사람이 사실은 자신의 엄마와 몇 살 차이나지 않는다는 소리에 모두 놀랐다.

특히나 처음 질문을 했던 최나영의 충격은 더욱 심했다.

그녀도 수진이 데뷔를 준비할 때 수영들과 함께 수진을 관리하고 있었기에 수진에 대해서도 많이 알고 있었다.

자신의 외삼촌에 관해 얼마나 자신에게 자랑을 했던가?

더욱이 수진은 당시 부탁할 것이 있을 때면 외삼촌을 언급하며 노처녀인 자신에게 소개를 해 주겠다는 말을 하기도 했었다.

그런데 설마 수진이 소개해 주겠다고 했던 사람이 그 사람이리라고는 상상도 못했다.

만약 수진이 사진이라도 보여 줬더라면 진즉 만나 봤을 것을…… 뒤늦은 후회를 해 본다.

"나도 몰랐는데, 최진규 전무님이 그러시더라."

"아……!"

자신의 말을 못 미더워하는 이들을 향해 혜연은 자신도 그 이야기를 최진규 전무에게 들었다는 것을 알렸다.

그때서야 사람들은 고개를 끄덕였다.

성환의 정체가 확실해지자 몇몇 여자들의 눈빛이 달라지

기 시작했다.

설마 수진의 외삼촌이 저렇게 멋있는 사람이라고는 상상하지 못했다.

성환의 정체를 듣고 너무 놀라 아무도 입을 열지 않아 잠시 정적이 흘렀다.

하지만 그것도 잠시 아영이 느닷없이 소리를 쳤다.

"참! 그런데 조금 전 대주주라 하지 않으셨어요?"

아영의 외치는 소리에 그녀가 무슨 말을 하려고 하는지 몰라 모두의 시선이 몰렸다.

자신에게 모든 사람들의 시선이 집중되자 당황한 아영이 말을 더듬으며 말을 하였다.

"그, 그러니까 조금 전에 수진이의 외삼촌이 우리 회사 대주주라 했잖아요?"

아영은 자신의 말에 옆에 조용히 서 있던 트윙클의 멤버인 미진을 보며 물었다.

그 때문에 조용히 이야기만 듣고 있던 미진은 자신도 모르게 아영의 물음에 대답을 했다.

"그렇지?"

자신의 물음에 대답을 하는 미진의 모습에 살짝 미소를 짓자 아영은 다시 말을 이었다.

"모두 알겠지만 수진의 형편은 그렇게 좋은 편이 아니었어! 비록 우리 회사가 예전만 못하지만 대주주라 할 정도로

주식을 많이 보유하려면 1~2억 가지고는 힘들걸? 언니
안 그래요?"

아영은 자신의 생각이 맞다는 듯 혜연을 보며 동의를 구
했다.

그리고 혜연은 고개를 끄덕이며 무언 중 동의를 했다.

사실 성환이 50억을 투자해 대주주가 되었기 때문이다.

그러고 보니 수진의 집은 그리 풍족한 편이 아니란 것이
생각났다.

'그러고 보니 그러네? 수진의 집이 그 정도로 부자는 아
니었는데?'

혜연은 아영의 말을 곱씹다 생각하니 이상한 점이 한두
가지가 아니었다.

계약을 할 때 보였던 최진규의 모습도 무척이나 부자연
스러웠다.

수진의 외삼촌을 대하는 태도도 무척이나 정중한 모습이
었다.

아니, 뭔가를 두려워하는 모습이라고 하는 것이 맞았다.

지금에 와서 생각하니 최진규 전무는 수진의 삼촌을 두
려워하고 있었다는 생각이 들었다.

'어째서 진규 삼촌은 그 사람을 두려워한 것이지?'

생각하면 생각할수록 이상한 생각이 들었다.

말투가 좀 이상해서 그렇지 그는 무척이나 친절했다.

더욱이 조금 전 아이들을 대하는 모습을 보니 더욱 그 사람을 두려워해야 할 이유를 알 수가 없었다.

'내가 모르는 뭔가가 있나?'

혜연은 성환에 관해 자신이 모르는 비밀이 있을 것이란 생각을 하게 되었다.

"아영아, 그런데 왜 그런 이야기를 꺼낸 거야?"

혜연이 성환에 관해 생각을 하고 있을 때, 수영은 아영이 왜 그런 이야기를 꺼냈는지 물었다.

그리고 혜연도 그 소리를 듣고 자신만의 상상하던 것에서 벗어나 아영이를 쳐다보았다.

다시 한 번 모든 사람의 시선이 집중되자 아영은 얼굴이 붉어지더니 고개를 푹 숙이고 말았다.

그러더니 기어 들어가는 목소리로 대답을 했다.

"잘생기고 돈도 많으니 내가 찜, 찜이라고!"

마지막 찜이란 대답을 할 땐 고개를 딱 들고는 뻔뻔하게 소리쳤다.

그런 아영의 모습에 모두 기가 막힌 표정을 지었다.

이제 겨우 20살인 아영이 처음 본 남자를 상대로 그런 말을 했다는 것이 너무도 어처구니가 없었다.

"뭐라고! 이게……!"

"어린 것이 어디서 언니들도 가만히 있는데."

"맞아! 어린 것이 발라당 까져 가지고."

아영의 대답을 들은 트윙클 멤버들은 아영을 상대로 한 마디씩을 했다.

그리고 그건 최나영 또한 마찬가지였다.

다만 최나영은 그것을 입 밖으로 내지는 못하고 마음속으로만 그렇게 소리쳤다.

'아영이 저 어린 것이 어디서 수진이 외삼촌을…… 나 정도면 몰라도.'

트윙클 멤버들이 아영을 상대로 이상한 말을 하고, 또 실장인 최나영까지 이상한 눈빛으로 아영을 보고 있을 때, 혜연은 머리가 아프다는 생각이 들었다.

확실히 나이가 좀 많아 그렇지 자신이 보기에도 그 남자는 최고의 조건을 가진 남자였다.

외모면 외모, 자산이면 자산, 모두 여자들이 꿈꿀 만한 이상적인 남자였다.

언뜻 보기에도 눈동자가 깊고 맑은 것이 빨려 들어갈 것만 같은 눈을 가지고 있는 멋진 남자였다.

그러니 어린 아영이도 첫눈에 반한 것 아니겠는가?

하지만 이들은 갈 길이 먼 이제 갓 데뷔한 신인 아이돌이었다.

이런 것에 발목을 잡힐 수는 없었다.

"정신 차려! 너흰 아이돌이야! 그것도 신인 여자 아이돌. 더욱이 우리에겐 적들이 너무도 많다. 여기서 너희가 이상한 것에 관심을 두고 있을 수 있겠어?"

한참 성환에 관해 떠들고 있던 트윙클 멤버들은 혜연의 훈계에 흠칫했다.

그러고 보니 자신들의 신분을 망각했다.

자신들은 그냥 가수도 아니고 여자 아이돌 가수였다.

그런데 엉뚱하게 처음 본 남자에 관해 떠들고 있었다는 것이 죄송스러웠다.

"죄송해요."

"잘못했어요."

아이들은 모두 혜연에게 사과를 했다.

그리고 아이들뿐 아니라 이들의 매니저인 최나영도 반성을 했다.

"사장님, 죄송합니다. 매니저인 제가 솔선수범을 해야 하는데, 다음부터는 이런 일 없도록 하겠습니다."

"아니에요. 모두 놀라고 당황스러워 그런 것 같으니 오늘은 이만 하도록 하겠어요. 조금 전에도 말했지만 우리의 앞길을 막는 이들이 참으로 많아요. 조금 전 주주님께서 도움을 주시겠다고 했지만, 그것과 별개로 우린 우리대로 열심히 노력을 해야 해요."

"네."

조금 느닷없긴 했지만 혜연의 훈계에 모든 사람이 그녀의 말하는 뜻을 알아듣고 숙연해졌다.

사실 오랜만에 성환과 같이 잘생기고 남자답게 생긴 남자를 보다 보니 조금 흥분한 것도 사실이었다.

　'그래도 잘생겼어!'

　트윙클 멤버들은 혜연의 훈계에 마음을 다잡기는 했지만, 그래도 마음 한구석에는 조금 전 보았던 성환의 모습이 떠나지 않았다.

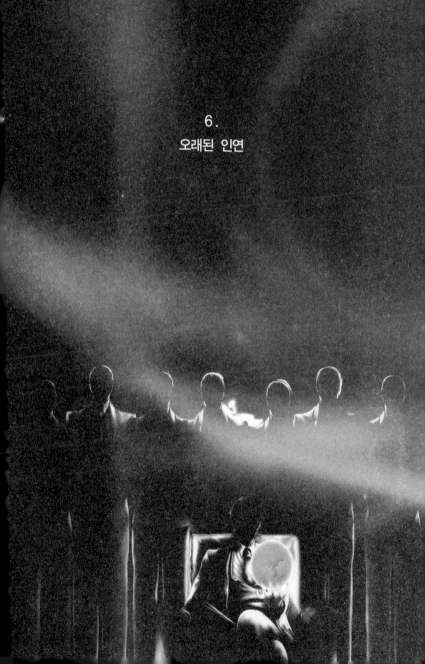

6.
오래된 인연

세계 무술 한마당이 열리는 올림픽 체조 경기장.

이곳은 체조 대회만 열리는 것이 아니라 각종 행사도 이곳에서 벌어졌는데, 그중에는 각종 공연도 포함이 되어 있다.

외국의 팝가수들의 내한 공연이나 국내 연예인들의 콘서트 등이 이곳에서 열렸는데, 오늘은 세계 무도 협회 주관 무술 대회가 열리게 되었다.

경기장 입구에는 대회에 참가한 각국의 국기들이 개양되어 있고, 많은 관람객들이 삼삼오오 구경을 하기 위해 몰려들었다.

또 한쪽에서는 대회에 참가하기 위해 막바지 준비를 하

고 있는 사람들이 있었다.

각국의 대표로 출전한 이들은 조금 뒤에 치러질 각 부문별 대회에서 입상을 하기 위해 마무리 점검으로 분주했다.

그리고 그런 사람들 중에는 중국의 대표단도 포함되었다.

참가한 단체 중 가장 많은 부분에 선수를 출전시키는 중국은 대회 운영회로부터 가장 넓은 대기실을 배정받았다.

"정신 차려! 그렇게 해서 종주국의 위상을 저들에게 알려 줄 수 있겠나!"

진룡은 연습을 하고 있는 중국팀 선수들을 돌아보며 큰소리로 호통을 쳤다.

소림 내원의 제자들과 수련을 하다 각 단체들에서 선수로 내보낸 이들을 보고 있자니 너무도 미흡해 보였다.

더욱이 이번 대회는 그냥 참가에 의의를 두는 그런 대회가 아니었다.

벌써 몇 회째 우승자가 나오지 않는 중국을 대표해 소림까지 나왔는데, 성적이 좋지 못했다가는 다른 이도 아닌 위대한 소림이 그 이름에 먹칠을 하게 된다.

이 때문에 진룡의 신경은 그 어느 때보다 더 날카로웠다.

진룡이 이렇게 선수들을 다그치고 있을 때, 스텝 한 명이 다가왔다.

"중국팀 단장님 되십니까?"

한참 훈계를 하고 있을 때, 옆에서 스텝이 다가와 물어

오자 고개를 돌렸다.

"그렇소."

"30분 뒤 식이 시작됩니다. 늦지 않게 준비해 주시기 바랍니다."

스텝의 말을 듣고 진룡은 고개를 끄덕였다.

"알겠소."

진룡에게 대회 시작 시간을 알리고 대답을 들은 스텝을 바로 다른 곳으로 이동을 했다.

그가 들려야 할 곳은 중국팀뿐만 아니라 다른 나라의 팀에도 알려야 했기 때문이다.

스텝이 나가고 진룡은 고개를 돌려 소리쳤다.

"모두 그만! 30분 뒤에 대회가 시작된다. 늦지 않게 준비하도록!"

각자 자신들의 마지막 점검을 하고 있던 사람들은 하던 일을 멈추고 하던 일을 마무리했다.

일부는 뭉친 근육을 풀기 위해 스트레칭을 하고, 또 일부는 그 자리에 앉아 눈을 감고 명상을 하는 등 각자 대회 준비를 마무리하기 시작했다.

◆　　◆　　◆

세계 무술 한마당이 열리는 올림픽 체조 경기장의 또 다른 곳에서 많은 사람들이 분주하게 움직이고 있었다.

그런데 이들은 이 대회와 전혀 연관이 없을 것 같은 직업을 가진 이들이었는데, 이들의 직업은 모두 가수와 방송 관계자들이라는 것이었다.

이들이 이곳에 모인 이유는 사실 이번 대회는 공영 방송 중 한 곳인 KBC에서 독점을 해 생중계하기로 되어 있다.

그래서 KBC에서 나온 방송 관계자들은 좋은 화면을 송출하기 위해 열심히 카메라의 위치를 수정하고 있었다.

그리고 가수들은 대회에 축하 공연을 하기 위해 대기를 하고 있었다.

축하 공연을 준비하는 이들 한쪽에 천으로 가린 임시 대기실이 있었다.

사람들이 너무 많다 보니 남녀를 따로 구분해 대기실을 마련한 것이 아니라 그냥 한꺼번에 준비를 하게 공용 대기실을 만들었다.

이 때문에 여자 출연자들은 많은 불편함이 있었지만, 오늘 축하 공연을 온 이들은 그렇게 인지도가 있는 가수들이 아니다 보니 그런 것을 참아야 만했다.

물론 오늘 출연하는 가수들이 모두 비인기 가수들은 아니었다.

몇몇 인기 가수들은 특별히 주최 측에서 마련해 준 개인 대기실에 쉬고 있었고, 이곳에 대기를 하는 이들만 이렇게 고생을 하고 있는 것이다.

그리고 그런 이들 속에 M&S엔터 소속의 가수인 트윙클도 포함되어 있었다.

원래라면 이곳에 있을 수도 없는 이들이었지만, 어떻게 된 일인지 KBC방송에서 연락이 와 출연하게 되었다.

사실 트윙클이 출연을 하는 것에는 비밀이 있었는데, 그건 바로 M&S엔터에 내려진 방송출연 금지 때 벌어졌던 것의 반대 현상이었다.

즉 외부 압력으로 M&S엔터 소속의 연예인들이 방송에 출연 금지 또는 퇴출이 된 것처럼, 압력이 들어와 그런 제재가 풀린 것이다.

무슨 말이고 하니 성환이 M&S엔터와 계약을 하면서 이들에게 도움을 주겠다고 했다.

그리고 그 첫 번째 도움으로 KBC방송국의 제재를 풀게 만들었다.

현대사회에서 깨끗한 경영이란 있을 수 없었다.

아무리 깨끗한 경영을 하려고 해도 다른 곳에서 공정한 경쟁을 하지 않고 부정과 부패를 하면서 불공정한 경쟁을 하면 깨끗한 경영을 하던 사람은 경쟁에 뒤처지게 된다.

이것이 바로 자본주의 사회의 병폐 중 하나이다.

이득을 보는 곳이 있으면 손해를 보는 곳이 있게 마련이고, 방송국도 이득을 보기 위해 각종 향응과 접대를 받는다.

그리고 그러한 곳에 암흑가 조직이 껴 있는 것은 당연했다.

서울의 절반을 실질적으로 지배하는 성환이기에 그러한 정보를 모으는 것은 너무도 간단했다.

KBC사장이나 경영진의 비리나 현장의 프로듀서나 책임 프로듀서 등의 비리 활동도 수집을 하여 그것을 활용해 이번에 KBC의 제재를 풀었다.

비리 증거를 가지고 협박과 회유를 통해 김병두 의원과 이세건 사장이 방송국에 압력을 행사하며 M&S엔터에 대한 제재를 하게 만든 것을 풀어 낸 것이다.

물론 자신들에 대한 제재가 어떻게 풀렸는지 모르지만 M&S엔터 사장인 이혜연이나 최진규 전무 등은 너무도 기뻤다.

일이 너무도 순순히 풀려 나가기 때문이다.

그리고 오늘 공영 방송에 처음으로 출연하게 된 트윙클을 응원하기 위해 함께 자리하고 있었다.

"애들아! 긴장하지 말고 모두 평소 하던 대로만 하면 된다. 알았지?"

이혜연은 조금 전 이들에게 했던 말을 또 하고 있다는 것을 자신을 모르고 있었다.

"사장님! 조금 전에 그 말씀하셨거든요?"

장난기 심한 아영은 그런 것을 꼭 집어 말을 해 혜연을 더욱 당황하게 만들었다.

"어, 어? 내 내가 그랬던가? 그래, 그럼 응응 긴장하지 말고 평소대로……."

"언니! 진정하세요, 여기 물 좀 마시고. 심호흡, 심호흡 한 번 하세요."

다시 한 말을 또 하려는 혜연의 말을 중간에 막고는 얼른 자신의 옆에 있는 물병을 넘겼다.

하지만 첫 방송 출연이라는 것 때문에 긴장을 하고 있는 혜연으로 인해 오히려 긴장을 해야 할 트윙클 멤버들은 긴장이 풀리고 말았다.

솔직히 트윙클에게 방송이 아닌 현장 공연은 많았다.

방송 출연이 금지된 M&S엔터 소속의 연예인이란 것 때문에 활동은 모두 현장 공연뿐이었다.

그래서 오늘 방송국에서 촬영을 한다고 하지만 어차피 대중 앞에서 노래를 하는 것은 매 한가지였다.

그러다 보니 트윙클은 신인에, 첫 방송 출연이지만 너무나 담담했다.

사실 어린 나이의 소녀들이지만, 이들은 결코 온실 속 화초와 같은 아이들이 아니었다.

이미 사회의 쓰라림을 누구보다 절실하게 겪은 이들이 바로 트윙클이었다.

우여곡절이 많은 아이들이다 보니 오히려 다른 이들보다

더 대담하게 이번 공연에 임할 수 있었다.

이러다 보니 자신이 사장으로 취임 후 처음으로 소속 연예인이 방송 출연을 하는 것 때문에 긴장한 혜연보다 의연할 수 있는 것이다.

한편의 개그와 같은 장면을 선보이고 있는 혜연과 트윙클의 모습을 다른 대기자들은 흥미진진하게 지켜보고 있었다.

"저기 좀 웃기지 않냐?"

"그러게, 저기 사장이라는 사람이 더 긴장을 하면서 가수들에게 긴장하지 말라고 하는 모습 봐."

"그러게."

작게 얘기를 한다고는 하지만 좁은 공간에 함께 있다 보니 이들의 말은 고스란히 트윙클과 혜연의 귀에 들려왔다.

"거 봐요."

"언니, 저 창피해요."

"뭐 이런 게 어디 하루이틀이냐?"

"맞아, 혜연 언니는 나이에 맞지 않게 너무 덤벙대."

"애들아, 나 니들 소속사 사장이거든?"

"예, 예."

"이것들이!"

첫 방송 촬영이란 것에서 오는 압박감은 이미 온데간데없이 사라지고 평소의 소란스러운 모습으로 바뀌어 있었다.

소속 연예인이 단 한 팀이다 보니 혜연이나 트윙클 멤버들은 이렇게 편하게 이야기를 주고받으며 자신들의 차례를 기다렸다.

　그런데 이때 이들이 있는 한쪽에서 들려온 목소리 때문에 혜연이나 트윙클 멤버들은 긴장을 하게 되었다.

　"예린아, 그런데 쟤들 위에 밉보여 제재 먹었다 하지 않았냐?"

　"그러게, 나도 그렇게 들었는데 여긴 어떻게 온 거지?"

　두 사람이 시작한 이야기로 인해 안에 있던 많은 가수들이나 그들의 매니저들까지 그 비슷한 이야기를 하였다.

　그리고 그런 이야기들은 혜연이나 트윙클 멤버들도 궁금하긴 마찬가지였다.

　하지만 그들이 궁금해하는 것도 잠시 제재가 풀렸으니 그것으로 되었다는 생각이 들었다.

　"뭐 이유야 어찌 되었든 방송 출연하게 되었으니 열심히 하면 되는 거지."

　"맞아! 우리가 그런 것까지 신경 쓸 필요는 없지."

　확실히 트윙클의 정신은 다이아몬드만큼이나 단단하였다.

◆　　◆　　◆

KSS경호 사무실에서 업무를 보고 있던 성환은 잠시 시계를 쳐다보았다.

시계바늘이 숫자 9를 지나 10을 향해 넘어갔고, 분침은 숫자 3을 가리키고 있었다.

"아저씨! 꼭 와야 되요. 저희 첫 방송 출연 하는 데 오셔서 축하해 주세요."

어젯밤 M&S엔터의 아이돌 가수인 트윙클의 막내 아영이 성환에게 전화로 한 말이었다.

자신들의 데뷔 후 첫 방송 스케줄이니 꼭 와서 자신들이 노래하는 것을 보고 축하를 해 달라는 부탁이었다.

자신이 함께 연습했던 수진의 외삼촌이란 것을 알게 되었다면서 스스럼없이 다가와 아저씨라며 부르는 그녀들의 소원이라는 말에 알았다는 대답을 했었다.

그러니 오전에 볼일을 빠르게 마치고 시간을 확인하였다.

물론 검토해야 할 모든 업무가 끝난 것은 아니었다.

하지만 약속을 했으니 안 가 볼 수도 없는 일이었다.

그리고 남은 일이 그렇게 급한 일도 아니니 약속을 지키기로 했다.

하긴 KSS경호가 정식으로 업무를 시작한 것이 얼마 되지 않았기에 그리 많은 일이 있는 것도 아니기에 성환이 시간을 내는 것은 마음만 먹으면 언제든 시간을 낼 수 있었다.

"고 부장, 나 약속이 있어서 좀 나갔다 올 거니 급한 일 아니면 고 부장이 처리해."

"알겠습니다."

성환은 특별 경호팀 팀장인 고재원에게 자신의 부재를 알리고 회사를 나섰다.

성환이 고재원 부장에게 한 급한 일이란 것은 다름이 아니라 조카 수진에 대한 문제였다.

수진의 안전을 위해 특별 경호 2팀을 파견해 놓은 상태이긴 했지만, 언제 어디서 어떤 일이 벌어질지 모르는 것이 사고였다.

옛말에도 진인사대천명이라 했다.

수진을 보호하기 위해 성환은 많은 것을 준비를 했지만, 사고는 언제 어느 때 예고를 하고 일어나는 것이 아니다 보니 언제나 수진에 대해선 촉각을 곤두세우고 지켜보고 있다.

◆　　◆　　◆

업무를 고재원 부장에게 넘기고 트윙클이 공연을 하기로 스케줄이 잡혀 있는 올림픽 체조 경기장을 찾은 성환은 목에 이번 안내표를 걸고 있는 사람에게 다가가 물었다.

이번 세계 무술 한마당을 주최하는 세계 무도 협회의 스템이었다.

"실례합니다. 축하 공연을 하는 가수 대기실을 찾는데, 어느 쪽으로 가면 됩니까?"

성환은 그 사람에게 정중하게 가수 대기실을 물었다.

그러자 사람들을 안내하던 그 스템은 성환의 모습을 보다 혹시나 공연에 출연하는 가수의 열성팬이 그들의 대기실을 찾는 것으로 오해를 해 알려 줄 수 없다는 말을 했다.

"그건 알려 드릴 수 없습니다. 공연을 보시러 오신 것이면 관람석에서 공연을 관람하시기 바랍니다."

스템의 친절한 안내에 성환은 자신의 신분을 밝히며 다시 물었다.

"전 거기 출연하는 트윙클이란 그룹이 속한 M&S엔터의 관계자입니다."

자신의 신분을 밝히고 또 지갑에서 명함을 꺼내 보여 주었다.

명함에는 성환이 사장으로 있는 KSS경호의 직함과 또 M&S엔터의 대주주가 되면서 받은 이사라는 직함도 함께 올라와 있었다.

직함이 경호 회사 사장이고, 엔터테인먼트 회사의 이사라는 직함을 가지고 있는 것으로 봐서는 생각보다 나이가 많다고 짐작하게 되었다.

성환의 신분을 확인한 스텝은 성환의 나이가 보이는 것보다 많을 것이란 생각을 하며 눈을 반짝였다.

"죄송합니다. 하도 연예인들을 따라다니는 사생들이 많아서……."

성환도 지금 자신과 이야기를 하고 있는 스텝이 무슨 생각으로 그런 말을 했는지 이해를 하기에 아무런 말도 하지 않았다.

"이 왼쪽으로 가시다 보면 B—7 출입구가 보이실 것입니다. 그곳에도 안내를 맡은 스텝이 있을 것입니다. 그곳에 가셔서 다시 물어보십시오. 그곳이 오늘 중계를 하는 KBC 방송국 관계자들이 출입하는 문입니다."

"감사합니다, 수고하십시오."

스텝의 친절한 안내에 성환은 감사 인사를 하고 그가 가르쳐 준 방향으로 이동을 하였다.

◈　　◈　　◈

스텝이 알려 준 방향을 따라 한참을 가니 벽에 방향을 알려 주는 이정표가 붙어 있는 것이 보였다.

"저쪽으로 가면 되는군."

가수 대기실이란 이정표를 본 성환은 이정표가 가리키는

방향으로 다시 한참을 걸었다.

그리고 대기실이라 적힌 방 안으로 들어가니 커다란 천이 벽을 가리는 곳이 보였다.

많은 사람들로 인해 무척이나 소란스러운 중에도 각자 자신들이 맡은 소임을 다하기 위해 분주히 움직이는 사람들의 역동적인 모습이 보이자 성환은 절로 기분이 좋아졌다.

성환은 자신의 일에 이렇게 열정적인 사람들을 좋아했다.

그래서 군에 있을 때에도 자신의 실력 향상을 위해 노력하는 이들을 위해 개인적으로 도움을 주기도 했다.

아무튼 그들의 모습을 잠시 지켜보다 다시 이곳을 찾은 목적을 상기하고 트윙클의 모습을 확인했다.

하지만 자신이 보는 곳에는 트윙클의 모습이 보이지 않았다.

다시 한 번 자세히 주변을 살피기 시작하는데, 한쪽에서 익숙한 목소리가 들렸다.

'이 소리는…….'

사람들의 떠드는 소리 중간중간 자신이 알고 있는 사람의 목소리가 간간히 들리고 있었다.

소리가 들리는 방향으로 걸어가니 점점 그 목소리가 또렷하게 들렸다.

"언니, 진정하세요. 여기 물 좀 마시고. 심호흡. 심호흡 한 번 하세요."

누군가 긴장을 한 것인지 미진이 말하는 것이 들려왔다.

성환은 그녀들의 대화 소리가 너무도 정겹게 들려 저절로 입가에 미소가 어렸다.

미소를 지으며 여자들 대기실로 다가가는 성환의 모습을 주변에 있던 방송 관계자들이나 남자 출연자들, 그리고 그들을 서포터해 주는 사람들 전부가 놀란 눈으로 성환을 쳐다보았다.

하지만 성환은 그런 사람들의 모습도 인식하지 못하고 자신의 목적지를 향해 걸어갔다.

성환이 걸어가는 뒤쪽에서 기획사에 소속된 매니저들끼리 성환에 대해 떠들기 시작했다.

하지만 성환은 그것도 인식하지 못했다.

그건 성환이 아무리 뛰어난 신체능력을 가지고 있다 해도 이곳에 온 목적이 그들의 이야기를 듣기 위한 것이 아니라 처음으로 방송 출연을 하는 트윙클을 응원하기 위해 온 것이기에 주변에 그리 신경을 쓰지 않아 못 들은 것이다.

성환은 흰 천으로 가려진 막을 저치고 들어가며 소리쳤다.

"너희들 출연 축하한다."

천막 안에 있던 많은 여자 출연자들이 성환의 목소리에 시선이 그에게 집중이 되었다.

물론 소속사 사장인 혜연을 놀리던 트윙클 멤버들도 일

제히 입구를 향했다.

그리고 그곳에 성환의 모습이 보이자 일제히 소리쳤다.

"아저씨!"

"어머, 이사님!"

"삼촌, 어쩐 일이에요?"

"오셨습니까?"

각자 개성에 맞게 성환을 보며 인사를 했다.

처음 아저씨란 큰소리를 친 사람은 성환이 이곳에 오게 한 원인 제공자인 아영이었다.

조금 전 혜연을 놀리던 것도 그만두고 성환을 향해 달려와 그의 품에 안겼다.

그리고 두 번째 놀란 음성의 주인공은 혜연이었다.

아이들에게 놀림을 받고 있던 혜연은 성환의 뜻밖의 출연에 놀란 것이다.

또 아영과 동갑이긴 하지만 성격이 조신하고 소극적인 미진은 아영과 다르게 성환을 삼촌이라 부르며 어쩐 일로 이곳에 왔는지 물었다.

미진이 소극적인 모습을 보이지만 무대에 오르기만 하면 성격이 돌변한다는 것은 그녀를 아는 사람은 모두 알고 있었다.

그래서 트윙클 멤버들은 그녀를 야누스라고도 불렀다.

아무튼 평소 소극적인 미진까지 성환의 출연에 놀랍고

또 반가움을 표시했다.

성환은 그녀들의 환영 인사에 미소를 풀지 않으며 인사를 했다.

"이혜연 사장도 수고가 많아요. 너희도 첫 방송 출연인데 긴장들은 안 돼?"

"히히, 우리가 긴장할 게 뭐 있어요. 가서 노래 몇 개 하고 들어오면 되는 일인데."

"맞아요. 저희가 무대 한두 번 서 보나요."

"맞아, 맞아!"

"알았다. 그렇지, 평소대로만 하면 되는 거야."

"네!"

잠깐 덕담을 나누고 있는데, 이때 성환의 뒤쪽에서 누군가 가림막을 젖히며 들어와 소리쳤다.

"곧 공연이 시작되니 순서대로 준비해 주십시오. 첫 번째는……."

귀에 이어 마이크를 차고 있던 그는 차트를 보며 차례대로 순서를 불러 주고는 밖으로 나갔다.

"저희 순서는 두 번째네요."

"그래, 그럼 난 관람석에 가 있을 테니 잘들 해라."

"네, 그냥 가시면 안 돼요."

"그래."

"아저씨! 우리 스케줄 끝나고 점심 사 줘요. 배고파요."

"크, 알았다. 너희 잘하고 오면 내가 점심 사 줄게."

"와! 나 비싼 것 먹어야지?"

"어휴! 저 철없는 거."

"내비 둬!"

성환은 아이들과 헤어져 관람석이 있는 곳으로 향했다.

그리고 성환이 나가자 트윙클도 조금 뒤 축하 공연 출연
을 준비하기 위해 마지막 점검을 확인했다.

◈　　◈　　◈

트윙클 멤버들을 격려하고 나온 성환은 이왕 온 거 각국
의 무술을 구경하기로 했다.

자신이 익힌 고대의 무술과 현대의 무술의 차이점을 확
인해 보고 싶었기 때문이다.

성환이 보고 있는 올림픽 체조 경기장 안에는 각국에서
자국의 대표로 나온 무술인들이 자신이 익힌 무술을 선보이
고 있었다.

본격적인 시합은 한국의 연예인들이 축하 공연을 한 다
음 오후에 벌어진다.

오전인 지금은 시범이 진행되고 있었는데, 각국의 전통
무술은 물론이고, 현대에 새로 창안된 무술들도 다수 선보
이고 있었다.

즉, 오전의 시간은 각 무술들이 자신들을 알리는 시간인 셈이었다.

세계 무술 한마당은 무술 대회이면서도 또 각 무술들의 홍보 수단인 것이다.

이렇게 함으로써 일반인들에게 자신들의 무술이 어떻다는 것을 알리고, 보다 많은 수련생을 확보한다.

수련생이 늘어나면 그만큼 수입이 늘어나는 것이고, 또 그렇게 되면 그만큼 협회나 그 무술의 종주국의 부가 축적이 되는 것이다.

일례로 중국의 소림사 같은 경우 전 세계 각국에 소림의 무술이 전파되었다.

한국에도 소림에서 배워 온 무술가가 도장을 운영하고 있으며, 그들에게 배운 이들은 본관인 소림을 방문하기 위해 많은 돈을 사용한다.

그리고 그런 것은 비단 한국의 제자만 그런 것이 아니라 일본, 미국 등에 있는 제자들도 마찬가지.

소림뿐 아니라 태권도도 마찬가지다.

태권도를 배운 사람들은 태권도 종주국인 한국을 찾기 위해 많은 돈을 써 가며 한국을 찾는다.

이것만 봐도 이런 대회는 단순한 대회라고 치부하기엔 어패가 있다.

아무튼 성환은 관중석에서 각국의 대표들이 자국의 무술

을 선보이는 것을 지켜보았다.

그러다 한순간 눈이 커졌다.

체조 경기장 안에 마련된 무대 위에 머리를 삭발한 일단의 사람들이 봉을 들고 무술 시범을 보이는 것이 보였다.

붕붕, 획! 탁! 쿵!

36명의 승인이 봉을 들고 마치 한 사람이 움직이듯 똑같이 움직이고 있었다.

일명 칼군무라 불리는 아이돌 그룹들이 똑같이 군무를 하는 것처럼 무대에서 시범을 보이고 있는 사람들의 무술 시범은 정말이지 감탄을 자아내게 만들었다.

무술 시범은 잘 짜인 군무마냥 돌고 뛰고 뭉치기도 하고, 또 퍼지기도 하면서 화려하지만, 절도 있는 모습을 보이며 이전에 보였던 다른 시범과는 확연히 차별이 된 것과 같은 모습을 보여 주었다.

"소림 나한진이군."

성환은 시범을 보이는 것이 소림사의 나한진인 것을 깨달았다.

정해진 순서에 따라 다수가 공격과 방어를 하면서 상대를 하는 진(陣)이란 것의 실체를 볼 수 있었다.

하지만 성환은 소림의 무승들이 선보이는 나한진을 보다 고개를 갸웃거렸다.

그건 그들의 몸에서 자신과 같은 내공의 흔적을 볼 수가 없었기 때문이다.

자신이 백두산에서 얻은 서책에 나온 나한진에 대한 설명을 보면, 나한진을 펼치기 위해선 1갑자의 내공이 있는 무승만이 나한진을 펼칠 수 있다고 했다.

그런데 지금 자신이 보고 있는 것이 나한진인 것은 맞았지만, 나한진을 펼치는 무승들에게서는 전혀 내공의 흔적을 볼 수 없어 이상하다는 생각을 하게 되었다.

사실 성환은 이전 소림의 무승을 만난 적이 있었다.

그 승려의 도움으로 목숨을 건지기도 했다.

그때 도움을 준 중은 분명 내공을 보유하고 있었다.

사실 성환은 현대에 내공이란 것을 익힌 사람이 있을 것이라고는 상상도 못했었다.

그런데 그런 사람을 만나게 되었다.

당시 자신의 상황이 여의치 않아 자세한 것을 물어보지는 못했지만 아무튼 시간이 나면 그것을 자세히 알아보려고 생각하고 있었다.

그 승려를 보면 소림에 분명 내공심법이 남아 있을 것인데, 어찌해 지금 눈앞에 있는 이들은 내공이 전혀 없는 것인지 알 수가 없었다.

물론 당시 그 승려도 많은 내공을 가지고 있던 것은 아니었다.

비교를 하자면 현재 자신의 회사에 소속된 특별 경호팀

의 팀장인 고재원 정도의 내공을 가지고 있었다.

물론 고재원의 내공은 전적으로 영약을 자신이 얻은 고대의 비법으로 제조한 것을 먹고 단시간에 키운 것이라 그 숙련도는 비교가 되지 않겠지만, 일단 내공의 양만 따지면 그와 비슷한 정도였다.

성환은 소림의 무승으로 짐작되는 그들의 시범을 유심히 쳐다보았다.

그러다 그들의 주변에 또 다른 소림의 무승으로 보이는 남자를 발견하게 되었다.

그리고 그 남자에게서 약간의 내공의 흔적을 보게 되었다.

시범을 보이는 승려들에게 뭔가 큰소리로 떠드는 것이 보였지만, 그런 신경 쓰지 않고 그 남자의 몸에 있는 내공을 측정해 보기 위해 주시를 했으나 너무 멀리 떨어져 그 흔적만 발견했을 뿐 자세한 것은 느껴지지 않았다.

'시간을 내서 알아봐야겠군.'

성환이 그런 생각을 하고 있을 때, 무승들의 시범도 끝나 있었다.

단체로 인사를 하고 들어가는 승려들의 뒤로 성환의 시선이 꽂혔다.

◆　　　◆　　　◆

"수고하셨습니다."

양명은 이번 중국팀 대표로 온 소림의 제자들 중 막내다.

그래서 소림 36나한진 시범에는 포함되지 않았다.

물론 양명도 소림에서 수련을 할 때, 나한진을 수련했었다.

그렇지만 아직은 외부에 보일 정도로 배움이 깊은 것이 아니었기에 이번 시범 행사에 끼지 못하고 이렇게 시범을 보이고 들어오는 사형들을 보조하는 임무를 받았다.

시범을 보이느라 땀을 흘리는 사형들에게 물병과 찬 물수건을 건넸다.

양명이 건네는 물과 수건을 받은 사형들은 물을 마시며 수건으로 흐르는 땀을 닦았다.

땀을 닦고 있는 이들의 곁으로 이들의 인솔자인 진룡이 다가와 말을 하였다.

"수고했다. 오전의 시범은 성공적인 것 같으니 남은 오후 시합도 성공적으로 끝맺길 바란다."

"알겠습니다. 사형!"

"알겠소. 진 사형!"

"참! 양 사제도 오후에 잘하기 바란다."

"예, 소림의 제자로서 부끄럽지 않은 모습을 보이기 위해 최선을 다하겠습니다."

"좋아!"

진룡은 쉬고 있는 사제들에게 오후에 있을 시합을 당부하고 또 양명에게도 최선을 다할 것을 당부했다.

그리고 양명도 자신을 가르치는 소림의 명예가 걸린 일이기에 부끄럽지 않은 모습을 보이겠다는 다짐을 했다.

비록 어리지만 다부진 양명의 모습에 진룡은 물론이고, 다른 소림의 제자들도 흐뭇한 표정을 지었다.

정식 제자도 아닌 외문 제자지만 양명의 총기는 뛰어났다.

그랬기에 내원에서도 차기 내원 제자로 양명을 내정하고 있었다.

이번 한국행도 그런 것의 보상으로 양명을 진룡과 동행해 견문을 넓히라는 의미에서 파견을 하였다.

그만큼 양명에게 거는 기대가 크다는 말이었다.

물론 양명의 나이는 성년이 지나도 한참 지난 나이지만, 이번에 파견된 소림승들의 나이와 비교를 하면 다섯 살 이상 차이가 났다.

중국 정부는 이번 세계 무술 한마당에 출전하는 소림에 많은 혜택을 약속하며 제자를 파견해 줄 것을 요청했고, 소림도 중국 정부의 약속이 무척이나 탐이나 대회에 확실하게 우승할 수 있을 정도의 전력을 파견하기로 했다.

그래서 이번 한국에서 벌어지는 세계 무술 한마당에 참

가하는 소림의 제자들은 모두 30대들이었다.

유일한 20대는 바로 양명 하나였다.

그러니 막내로서 이들을 수발을 드는 것에 아무런 불만도 없었다.

사실 양명이 내원에 들어가게 된다면 또 몇 년을 밖으로 나오지 못할 것이다.

그러니 양명은 이번 기회에 많은 것을 보고 가려고 하였다.

하지만 그의 집에서 걸려 온 전화 한 통으로 그 계획은 산산조각이 나 버렸다.

한국에 지부를 마련한 것도 이번 처음 알았는데, 무슨 문제인지 한국 지부를 도우라는 명령을 들었다.

다른 사람도 아닌 아버지의 명령이기에 듣지 않을 수도 없었다.

만약 아버지의 명령을 듣지 않았다가는 지원이 모두 끊길 것이기 때문이다.

자신이 정식 내원 제자였다면 그런 것이 전혀 문제가 되지 않을 것이지만, 아직까지 정식으로 제자가 된 것이 아니기에 양명으로서는 어쩔 수 없었다.

가문으로부터 지원이 끊겼을 경우 만 명이 넘어가는 외원 제자 중 한 명에 불과한 자신에게 소림은 절대로 지원을 하지 않을 것이다.

그런 것을 잘 알기에 어쩔 수 없었다.

소림 제자로서 들으면 안 된다는 것을 알면서도 이곳이 중국이 아닌 한국이란 것이 양심을 살짝 덮어 버렸다.

이곳에서 조용히 일을 처리하고 간다면 괜찮다는 생각을 하였다.

어차피 방에서도 무력대가 출동한 일이니 자신이 할 일이라고는 별거 없을 것이다.

금련방의 무력대는 중국 내는 물론이고 외부에도 많이 알려졌다.

'오늘은 오후에 있을 대회만 생각하자!'

양명은 자꾸만 아버지가 한 명령이 머릿속에 떠오르자 고개를 흔들며 오후에 있을 대회만 생각하기로 했다.

모든 사형들에게 준비된 물품들을 나눠 준 뒤 대사형인 진룡에게도 수건과 물병을 건넸다.

그런데 이때 이들에게 접근하는 그림자가 있었다.

◈　　◈　　◈

"잠시 실례합니다."

쉬고 있던 소림의 승려들 뒤로 성환이 다가와 말했다.

낯선 목소리가 들려오자 쉬고 있던 승려들이 일제히 시선을 돌려 소리가 들린 곳을 쳐다보았다.

"누구시죠?"

양명은 쉬고 있는 사형들을 대신해 성환에게 다가와 물었다.

"아, 전 이런 사람입니다."

성환은 자신을 경계하는 양명의 모습에 얼른 지갑에서 명함을 꺼내 보였다.

"KSS경호 사장 정성환?"

명함에 나온 내용을 읽다 성환의 이름을 알게 되었지만, 성환이 왜 자신들에게 다가와 말을 거는 것인지 알지 못했다.

"그렇게 경계하지 않으셔도 됩니다. 전 이 대회와 전혀 관계가 없는 사람입니다."

성환은 이들이 자신을 경계를 하고 있다고 느끼고 이번 대회와 자신은 관계없다는 것을 어필했다.

확실히 이런 대회에서는 우승을 위해 상대편 정보를 알아내려 갖은 방법을 동원하는 예가 있었다.

그동안 대회에 소림의 대표가 나오지 않았었는데, 이번에 사상 처음으로 소림의 제자가 무술 대회에 출전을 한다는 소문이 돌자 여기저기서 자신들의 정보를 알아내기 위해 귀찮게 했었다.

양명은 오후에 있을 대회 준비를 하기 위해 휴식을 취하는 중에 성환이 다가왔기에 이를 경계한 것이다.

"그럼 무슨 일인데 저희를 찾아온 것입니까?"

"혹시 소림에서 오신 분들이 아니십니까?"

성환은 자신이 조금 전 나한진을 보고 이들이 소림의 승려라 생각했기에 자신의 용건을 말했다.

"맞습니다, 그런데⋯⋯."

"네, 다름이 아니라 제가 예전에 소림의 스님 중에 한 분께 도움을 받은 적이 있어 그분의 행방이 궁금해 이렇게 실례를 무릅쓰고 찾아왔습니다."

성한은 자신이 이들을 찾아온 것을 말하며 혹시라도 그 사람의 행방을 알 수 있는지 물었다.

성환의 말에 승려들은 서로를 쳐다보며 떠들기 시작했다.

요 근래 소림을 떠난 제가가 없기 때문에 의문이 든 때문이다.

"혹시 도움을 줬다는 그 스님의 법명을 알 수 있겠습니까?"

조금 멀찍이 떨어져 쉬고 있던 진룡이 다가와 성환에게 물었다.

"네, 당시 제게 도움을 주셨던 분은 자신의 법호가 청명이라 하셨습니다."

성환의 대답을 들은 소림의 제자들은 모두 깜짝 놀랐다.

청명이라면 자신보다 윗대의 제자로 자신들과 관계는 사숙이 되는 사람이었다.

더욱이 그는 소림에서 무척이나 중요한 직책을 맡고 있는 사람으로, 그는 소림의 전설이 서려 있는 장경각(藏經閣)의 각주이기도 했다.

그리고 그는 10여 년 전 외부에서 구해 온 경서의 해독을 하기 위해 몇 해 동안 소림을 벗어난 적이 없었다.

그런데 보기에 이제 20대 초반으로 보이는 남자가 오래전 도움을 받았다며 사숙의 행방을 물어 오자 의심의 눈초리로 쳐다보았다.

"아니, 저희 사숙께서는 요 몇 해 동안 외부 활동을 하지 않으셨는데, 무슨 도움을 받았다는 말씀입니까?"

진룡은 성환의 말이 조금 의심이 되긴 하지만 승려로서 정중히 물었다.

그런 진룡의 물음에 성환은 이들이 어떤 오해를 하고 있는지 깨달았다.

'이들은 내 외모가 나이에 비해 동안이라 오해를 하고 있군.'

자신의 외모 때문에 오해를 받고 있다는 것을 깨달은 성환은 미소를 지으며 대답을 했다.

"제가 그분을 뵌 것은 10년이 더 된 일입니다."

성환의 말에 진룡은 깜짝 놀랐다.

그도 그럴 것이 장경각주인 그가 설마 10년 전에 한국까지 왔었나 하는 생각 때문이었다.

"설마 그분이 10년 전에 한국에 들렸다는 말씀이십니까?"

"아닙니다. 그분을 뵌 곳은 한국이 아닌 백두산 인근이었습니다."

"백두산?"

"아, 중국식 표현으로는 장백산이겠군요."

"아!"

성환이 처음 백두산이란 말을 했을 때는 알아듣지 못했지만, 연이어 장백산이란 말을 하자 그제야 진룡이나 다른 승려들도 알아들었다.

자신들의 사숙은 정말이지 소림의 전설을 밝히기 위해 전국 방방곡곡을 돌아다녔다.

그리고 어떤 단서라도 있다면 그것을 구해 와 연구를 했다.

그래서 현재 많은 고서들이 해석이 되고 소림의 전설이 조금은 비밀을 벗었다.

아무튼 10년 전 중국에서 자신들의 사숙을 만났었다는 성환의 말에 고개를 끄덕였다.

그런데 의문이 모두 가신 것은 아니었다.

10년 전이라면 눈앞의 청년이 어린아이였을 것인데, 어떻게 기억을 하고 있었는지 의문이었다.

"사실 당시 전 군인의 신분으로……."

성환이 자신이 도움을 받았던 당시의 상황을 설명하자

그 이야기를 듣던 진룡을 비롯한 소림의 제자들은 모두 경악했다.

외모로 봐서 자신의 막내 사제인 양명과 비슷한 또래라 생각했는데, 알고 보니 자신들 보다 나이가 많았던 것이다.

자신들의 인솔자이며 대사형인 진룡도 36살이었다.

그런데 눈앞에 있는 막내 제자 양명과 비슷해 보이는 남자는 그보다 두 살이나 더 많은 38살이란 것이었다.

'헉!'

"당시 상황이 상황이다 보니 그분의 도움을 받고도 아직까지 찾아뵙지 못했습니다. 혹시라도 그분을 만나 볼 수 있을까요?"

"네, 하지만 그분은 지금 소림 내원에 칩거 중입니다."

"부탁드립니다. 그분에게 전해야 할 것도 있고, 또 전해야 할 이야기도 있어 그럽니다."

성황는 당시 받았던 도움을 보답하기 위해 청명대사를 만날 수 있게 도움을 청했다.

하지만 진룡이 비록 내원의 제자라고 하지만 장경각의 중인 자신의 사숙이 하는 일이 얼마나 중요한 일인지 잘 알고 있기에 확답을 해 줄 수가 없었다.

"음, 그 전해야 한다는 물건을 제가 전해 드리면 안 되겠습니까?"

"죄송합니다. 이건 제 선사로부터 직접 전하라는 지시가 있던 물건이라 다른 사람을 통해 전달할 수가 없는 물건입니다."

사실 선사의 말은 거짓이고, 백두산에서 얻은 기연 중 소림사와 관련된 물건을 전달하면서 당시 자신이 받은 도움에 대해 직접 감사 인사를 하고 싶었기 때문이다.

7.
다시 시작되는 악연

김병두는 같은 당 의원인 이상수 의원의 소개로 알게 된 한국 무술 협회의 회장인 이용갑의 초대로 올림픽 체조 경기장을 찾았다.

정치인으로서 이런 행사에 참여는 당연한 것이다.

잠깐 시간을 내 몇 시간 자리해 주고 후원금을 받는 것이니 자신으로써는 손해 볼 것이 전혀 없는 장사였다.

자신과 같은 정치인이나 또 자신을 초대한 이용갑 회장이나 서로 필요한 존재이기에 만나는 것이다.

비록 평소 일정보다 빠르게 시작되는 것이라 조금 피곤했지만, 일단 자신을 초청한 사람이 그래도 이상수 의원과 친분이 있고, 또 이용갑 본인의 소개로 많은 사람과 안면을 넓히기도 했으니 손해만은 아니다.

사실 명색이 무술 협회장이란 직함을 가지고 있지만, 자신이 판단하기에 이용갑은 절대로 말로만 듣던 그런 무술인이 아니었다.

사람들은 무술인, 체육인 하면 든 것 없는 무식쟁이라 생각들 하는데, 자신이 살피기에 그는 자신 못지않은 정치 감각을 가진 인물이었다.

뭔가 가슴속 깊은 곳에 야망을 숨기고 있는 위험한 사람이기도 했다.

하지만 그렇다고 멀리 할 수는 없는 사람이기도 했다.

그의 곁에는 뛰어난 경호원들이 참으로 많았다.

현재 자신은 안전한 상태가 아니다.

이상한 놈과 엮여 자식 놈은 이상한 병에 걸리고 또 뒤치다꺼리를 해 주던 이들은 이 세상 사람이 아니다.

솔직히 김병두는 예전 철모를 때는 대통령이 최고로 권력이 강한 사람이라고 생각했던 적이 있었다.

하지만 그렇지 않다는 것을 알기까지 그리 오래 걸리지 않았다.

그것도 다른 사람이 아닌 자신의 아버지를 통해 대통령도 자신이 생각한 것 보다는 그리 강력한 권력자는 아니란 것을 알게 되었다.

자신이 속한 한국당은 그동안 대통령 선거가 가까워지거

나 아니면 정책적으로 당의 이미지가 나쁠 때면 당명을 바꾸며 쇄신을 꾀했다.

물론 그것이 눈 가리고 아웅 하는 것과 다르지 않다는 것을 자신도 모르지 않았다.

몇 번의 정책 실패로 대선에 패해 대권을 야당에 넘겨줬을 때도 있었다.

그때마다 당은 위기에 처했다.

각종 비리와 관련해 많은 의원들이 검찰의 소환을 받고, 또 국회에서 성토를 당했지만 당은 무사했다.

아무리 강력한 권력이 당에 대한 수사를 하려 해도 그동안 당이 형성해 온 카르텔을 넘어서지 못했다.

아니, 오히려 자신들을 압박하던 권력자들을 함정에 빠뜨려 무너뜨리기까지 했다.

솔직히 세상에 떨어 약점이 없는 자가 누가 있겠는가?

약점이 없더라도 당이 완성시킨 카르텔이라면 없는 약점까지 만들어 낼 수도 있었다.

그리고 당을 위협하던 자들 중 몇 명이 그런 함정에 빠져 무너졌다.

대통령이 당에 대한 정밀 조사를 벌일 것을 우려해 함정을 파고 올가미를 씌워 그것을 당이 장악한 언론에 퍼뜨렸다.

너무도 간단한 일로써 세상을 움직이는 힘은 참으로 많다.

돈도 그중 하나이고, 또 언론도 마찬가지다.

여론의 힘이란 것도 무시 못 할 힘을 가지고 있다.

오랜 정권을 유지하며 권력을 누렸던 당은 그것을 생각지 못했기에 권력을 양보할 수밖에 없었다.

뒤늦게 여론의 힘을 알게 된 당은 자신들이 그동안 모은 금력을 이용해 여론을 형성했다.

물론 무리하게 급하게 진행한 감이 있지만 어찌 되었든 대통령의 당에 대한 조사를 무마시켰다.

그리고 결국에는 다시금 정권을 차지하는 데 성공을 했다.

그리고 당의 지도부는 물론이고, 자신도 그때 깨닫게 되었다.

이제는 시대가 바뀌어 한 가지 힘만으로는 나라를 운영할 수가 없다는 것을 말이다.

권력이 부족해도 금력과 언론의 힘을 가지고 있으면 충분히 자신의 뜻대로 국정을 운영할 수 있다는 것을 깨닫고 난 뒤 당은 새롭게 변신을 했다.

지금처럼 각종 단체들의 수장들과 친목을 다지고 자신들의 편을 늘렸다.

오늘도 이용갑의 주선으로 많은 이들과 안면을 익히며 자신의 지지 기반을 넓혔다.

비록 아버지의 힘이 다한 것은 아니지만, 이제는 이전처럼 자신에게 힘을 실어 줄 수가 없을 것이다.

당직을 아직까지 수행하고 있기는 하지만, 그래도 의원 자리에서 물러난 뒤이기에 이제부터는 자신이 모든 것을 꾸려가야만 했다.

"오늘 보니 엄청나군요?"

"그렇습니다. 비록 미국이나 일본이 주최하는 종합 격투기 대회와는 성격이 다르고 또 규모도 다르지만 그래도 상당한 인기를 가지고 있습니다."

"맞습니다. 저희 세계 무도 한마당은 그런 야만적인 대회가 아닌 전통을 잇고 또 계승 발전을 시키자는 취지에서 서로의 무술을 겨루는 대회입니다. 당연히 더욱 뜻이 깊지요."

VIP석에 자리한 이번 대회의 주최를 맞은 세계 무도 협회의 회장과 간부들은 물론이고, 관련 단체의 장들은 서로의 얼굴에 금칠을 하며 떠들었다.

—지금까지 각국 대표들의 무술시범을 끝마치겠습니다. 다음 순서는······.

이들이 한참 자화자찬을 하고 있을 때 스피커에서 시범을 마친다는 소리가 들렸다.

그리고 다음 순서로 연예인들의 대회 축하 공연이 있다

는 것을 알렸다.

—다음 순서는 연예인들의 축하 공연이 있겠습니다. 많은 성원과 박수 부탁드립니다.

사회자의 말이 끝나고 경기장 안에 설치된 무대 위로 빠르게 뛰어오는 예쁜 아가씨들이 있었다.

여성 아이돌 그룹의 축하 무대가 펼쳐진 것이었다.

신나는 음악과 댄스에 경기장 안의 열기는 점점 올라가기 시작했다.

음악에 맞춰 몸을 흔드는 관객까지 간간히 경기장 한곳에 마련된 대형 모니터에 비출 정도로 경기장 안은 흥분의 도가니로 빠져들었다.

김병두도 경기장 안이 열기로 가득하자 흥미롭게 무대를 보았다.

그렇게 무대를 보던 김병두의 귀에 이상한 소리가 들렸다.

절대로 이곳에 있을 수 없는 자들이 저 커다란 무대 위에서 춤을 추고 노래를 부르기 시작했던 것이다.

'뭐? M&S엔터의 신인 그룹 트…….'

아들의 사고로 자신은 물론이고 서양 그룹의 힘까지 빌려 거지로 만들어 버렸는데, 지금 그들이 자신의 눈앞에 공연을 하고 있었다.

분명 방송국에도 압력을 행사해 절대로 그들이 연예계에 발을 들이지 못하게 만들었다.

그런데 지금 눈앞에 M&S엔터가 내보낸 신인 그룹이란 아이들이 춤을 추고 노래를 부르고 있다.

이게 어떻게 된 일인지 몰라 김병두는 머릿속이 혼란스러웠다.

그리고 그것도 잠시 가슴 깊은 곳에서 분노가 끓었다.

감히 자신의 말을 무시한 방송국에 화가 났다.

"음."

화가 나다 보니 자신도 모르게 신음을 흘리게 되었다.

"김 의원님! 어디 불편한 곳이라도……."

김병두가 신음을 흘리자 옆자리에 있던 이용갑이 물었다.

그나마 오늘 이곳에서 안면을 익힌 사람보다는 그래도 몇 번 더 얼굴이 익다고 나서서 물었다.

"아닙니다. 잠시 안 좋은 일이 생각나서…… 괜찮습니다."

"아, 네."

별거 아니라는 김병두의 말에 이용갑은 관심을 풀고 시선을 무대 위로 향했다.

그런 이용갑을 잠시 돌아보다 다시 인상을 구기는 김병두였다.

          ◆　　◆　　◆

"수고했다."

사상 첫 방송 무대를 마치고 들어오는 트윙클 멤버들에게 이혜연은 눈물을 글썽이며 수고했다는 말을 했다.

아이들이 소속된 기획사로서 이런 무대도 마련해 주지 못했던 것이 못내 미안한 생각이 들었기 때문이다.

수많은 관객들이 열광하고 있는 무대를 경험하는 것과 몇 백 명 모여 있는 공연장에서 공연을 하는 것은 천지차이.

그리고 또 오늘은 공영 방송사에서 방송까지 촬영을 해 전국으로 방송이 나가는 것이니 더욱 그러했다.

혜연의 수고했다는 말에 들어가기 전까지만 해도 장난기 어렸던 트윙클 멤버들은 참지 못하고 눈물을 흘렸다.

이제야 자신들이 진정한 가수가 된 것 같다는 생각이 들었고, 또 그동안 이런 방송 무대에 오르기 위해 얼마나 고생을 했었는지 기억이 났기 때문이다.

"흑흑흑!"

"엉엉! 언니 왜 울어!"

"흐 흑흑, 얘들아 울지 마!"

무대에서 돌아오자마자 울기 시작하는 트윙클 때문에 혜연은 괜히 자신 때문에 아이들이 울고 있는 것 같아 미안해졌다.

미안한 생각이 들자 바로 아이들을 감싸며 함께 울기 시작했다.

그런 트윙클과 혜연의 모습을 지켜보던 사람들은 알 수 없다는 표정을 지었다.

물론 M&S엔터 소속의 코디나 매니저들은 고개를 돌려 자신들도 눈물이 흐르려는 것을 참았다.

한편 트윙클의 무대를 관중석에서 지켜본 성환은 무대를 마치고 들어가는 트윙클 멤버들을 격려하기 위해 다시 그녀들이 머무는 대기실로 향했다.

하지만 대기실로 들어가던 성환은 대기실 입구에서 서럽게 울고 있는 트윙클과 혜연의 모습을 보고 얼른 몸을 숨겼다.

'흠, 그동안 쌓인 것이 많은가 보군.'

벽에 기대어 상황을 지켜보던 성환은 어딘가로 전화를 걸었다.

"곧 그곳으로 갈 것이니 식당 예약 좀 잡아 주기 바란다. 인원은……."

성환은 만수파 두목이며 동시에 샹그릴라 호텔의 사장인 최진혁에게 전화를 해, 샹그릴라 호텔에 입점해 있는 고급 레스토랑에 자리를 예약했다.

샹그릴라 호텔이 비록 조폭이 운영하는 호텔이긴 하지만 일반에는 그냥 고급 호텔로 이름이 알려져 있을 뿐이다.

특히나 카지노를 운영하기에 외국 손님들이 많아 호텔 내 입점한 식당들도 까다로운 외국손님들의 취향에 맞게 최고의 요리사들로 채워져 있다.

그렇기에 샹그릴라 호텔 레스토랑은 서울에 있는 고급 레스토랑 중에서도 최고급으로 분류되는 곳이다.

물론 그만큼 금액이 비싼 것은 두말할 것도 없지만 말이다.

일인 기본 식비가 15만원이나 하는 최고급 레스토랑에 예약을 한 성환은 트윙클과 혜연이 어느 정도 진정이 된 것 같아 그들에게 다가갔다.

"공연 잘 봤다."

"앗!"

성환이 공연 잘 봤다는 말을 하자 조금 전까지 서로 부둥켜 울었던 트윙클과 혜연은 얼른 자세를 고치면서 울어서 붉어진 눈을 보이기 싫어 얼른 고개를 돌려 눈물을 닦았다.

성환의 목소리 고개를 돌리며 눈물의 흔적을 지우고 얼른 대답을 했다.

"아저씨 어땠어요?"

"저희 어땠나요?"

"우리 잘했으니 상 주세요."

수영과 미진은 자신들의 무대가 어떠했는지 성환에게 질문을 했지만, 역시나 장난기 많은 아영은 성환에게 상을 달라는 말을 해 주변 사람들을 당황하게 만들었다.

"어머, 애 이사님께 그런 말을 하면 어떡하니."

혜연이 놀라 얼른 아영에게 뭐라 했지만 트윙클의 반응이 자신의 조카 수진의 사고 전 모습을 보는 듯해 입가에 미소를 지었다.

"하하, 그래, 잘 봤다. 많이 노력한 것이 보이더라."

"거 봐요. 잘했다고 하잖아요."

성환이 자신을 비호하는 말을 하자 아영은 고개를 들며 뻔뻔하게 대답을 했다.

그런 그녀의 모습에 혜연이나 트윙클을 담당하는 최나영은 못 말리겠다는 듯 고개를 살래살래 흔들었다.

"다들 고생했으니 점심이나 먹으러 가자! 시간 되지요?"

성환은 트윙클 멤버들에게 그렇게 말을 하고 혜연을 향해 고개를 돌리고 허락을 구했다.

일단 그녀가 트윙클이 소속된 기획사의 사장이니 그녀의 허락을 구한 것이다.

물론 성환이 주식을 보유하며 대주주가 되고 또 이사라는 직함을 가지게 됨으로써 그냥 통보만 하고 데려가도 뭐라 하지는 않을 것이지만 원칙이란 것이 있다.

군인 출신인 성환에게 일을 하는 것에는 언제나 원칙을 중요하게 생각한다.

그러니 지금도 혜연이 없었다면 실장인 최나영에게 허락

을 받았을 것이다.

물론 스케줄 때문에 시간이 나지 않는다고 했다면 다음 기회로 미루었을 것이지만, 오늘은 트윙클에게 따로 스케줄이 있는 것이 아니었다.

첫 방송 무대를 하는 것인데 혹시라도 실수가 있을지 몰라 이후 스케줄을 잡지 않았다.

물론 KBC가 방송 금지를 풀었다고 하지만, 아직까지 트윙클의 이름이 많이 알려진 것이 아니라 스케줄이 많지 않기도 했기에 시간은 많았다.

"언니, 삼촌이 점심을 사 주신데요."

"그렇게 삼촌은 대주주시니 비싼 것 사 주실 거야!"

아영과 미영은 만담을 주고받듯 성환이 점심을 산다는 것을 가지고 이야기를 했다.

물론 그 곁에서 두 사람이 떠드는 것을 들은 수영과 미진은 두 사람이 창피하다는 듯 게걸음으로 그녀들의 곁에서 떨어지기 시작했다.

그리고 그건 이혜연이나 최나영도 마찬가지였다.

자신들이 관리하는 아이들이란 것이 너무도 창피했다.

'저것들이…… 우리 회사가 굶기는 것도 아닌데.'

'어휴, 저것들이 우리 망신은 다 시키네!'

"어? 언니! 실장님! 어디 가요?"

자신들의 곁에서 멀어지는 수영이나 미진을 보며 왜 멀

어지는지 묻고, 또 최나영을 보면서 어디를 가느냐는 물음을 던지는 아영의 모습을 보며 성환은 그녀들이 참 밝게 생활한다고 생각하였다.

그리고 그 보습이 참 보기 좋다는 생각도 들었다.

"그만 떠들고 어서 가자! 이혜연 사장과 최 실장도 함께 가죠."

성환은 이혜연과 최나영에게도 함께 가자는 말을 했다.

"그냥 아이들만 사 주세요."

함께 가자는 성환의 말에 이혜연은 사양했다.

"아닙니다. 이미 다 예약이 되었으니 그곳으로 가죠."

이미 예약이 되었다는 말을 하자 이혜연이나 최나영은 미안한 표정이 되었다.

처음 주식을 양도하고 했을 때만 해도 사실 걱정 반 우려 반의 심정이었다.

비록 성환이 수진의 외삼촌이라고 하지만, 사실 수진과 자신들 간에는 그리 좋은 기억이 있지 못하기 때문이었다.

그리고 연예계라는 곳이 또 약자에게 한없이 잔인한 곳이다 보니 혹시라도 겨우 지옥과 같은 늪에서 벗어난 아이들에게 또다시 그런 고통을 안겨 주는 것은 아닌지 걱정을 했었다.

하지만 다행히 그런 일은 벌어지지 않았다.

약속대로 다음 날 경호원들도 나와서 아이들과 몇 남지

않은 연기자들에게 붙었다.

뿐만 아니라 방송국에서 먼저 연락이 와 단역이긴 하지만 배역을 받기도 했다.

전에는 사정사정해도 겨우 인지도 없는 배역도 겨우 얻었는데, 이제는 그렇지 않았다.

비록 단역이긴 하지만 어느 정도 비중이 있는 역이었다.

이혜연은 이 모든 것이 성환과 계약을 하고 난 뒤에 벌어진 일이라 그가 뭔가 했다는 것을 알 수 있었다.

연예계란 곳이 결코 쉽게 그런 일이 벌어지는 것이 아니란 것을 누구보다 잘 알기 때문이다.

'Give And Take'란 법칙이 가장 잘 적용되는 세계 중 한 곳이 바로 연예계.

그런 관계로 아마도 방송국에서 먼저 M&S엔터에 전화를 했다는 것은 성환이 그들에게 그에 상응하는 뭔가를 지불했다는 소리였다.

그렇기에 혜연은 오늘 이렇게 공연을 한 것도 감사한데 그것을 축하하기 위해 점심까지 대접을 해 준다니 너무도 감사했다.

"삼촌! 맛있는 거 사 주세요."

아직 10대인 아영은 성환의 팔에 매달리며 맛있는 것을 사 달라며 졸랐다.

"그래, 알았다."

성환은 그런 아영을 보며 대답해 줬다.

그리고 고개를 돌려 다시 한 번 혜연에게 말을 했다.

"가시지요. 샹그릴라 호텔 레스토랑을 예약했으니 그곳으로 오십시오."

성환은 전에 계약하러 갔을 때완 다르게 부드럽게 말을 하고 있었다.

전에는 좀 나이에 맞지 않게 말이 너무 노티가 난다고 트윙클 멤버들이 뭐라 했기 때문이다.

성환이 자신들과 함께 가수를 준비하던 수진의 외삼촌이란 것을 알고 난 뒤 트윙클 멤버들은 어떻게 알았는지 수시로 전화를 했던 것이다.

하루 일과를 보고하듯 사소한 것까지 일일이 알려 주었고, 그러는 과정에서 아영이 성환에게 너무 노인네 같은 말투를 쓴다고 타박을 했었다.

얼굴은 오빠인데 말투는 할아버지라며 놀리던 아영과 트윙클 멤버들의 성환에 성환도 항복을 하고 이렇게 말투를 고친 것이다.

성환은 앞장서서 자신의 차가 있는 곳으로 향했다.

그리고 그런 성환의 곁에 아영이 찰싹 붙어서 걸었다.

"언니들 전 삼촌 차 타고 갈게요!"

아영의 외치는 소리에 미영도 얼른 따라붙었다.

말은 하지 않았지만, 미영도 성환을 처음 보고 남 같지 않은 느낌을 받았다.

미영은 사실 작년 사고가 있고 한동안 대인기피증을 앓았다.

그것도 남자들에 대한 기피는 병적을 정도로 심했다.

다행히 모든 가족들이 배려를 하고, 그녀와 함께 사고를 당했던 수영이 그녀를 다독여 줬기에 빠르게 회복이 되었고, 트윙클 멤버에 합류를 했다.

다만 빠르게 상처를 극복한 수영이나 아영 등과는 다르게 미영은 그 일로 많이 힘들어 했다.

분명 피해자들인 그녀들을 보는 주변의 시선이 곱지 않았기 때문이다.

그녀들 때문에 회사가 어려워졌다고 하는 소리도 간간이 들려오기도 해 마음고생이 심했다.

그래서 그런지 소녀들은 더욱 똘똘 뭉칠 수 있었다.

같은 고통을 당하고 서로의 얼굴을 보면 그때의 상처가 다시 생각나 고통스러울 수도 있는데, 소녀들은 그러한 고통보다 주변에서 자신들을 색안경을 끼고 마치 죄인 취급을 하는 것이 더욱 힘들었다.

하지만 그럴수록 소녀들은 더욱 단단히 뭉쳐 결국 연예계에 데뷔를 했다.

물론 어려운 회사 사정으로 제대로 활동을 하지는 못하고 있었지만 말이다.

그렇지만 성환이 최진규의 부탁으로 M&S엔터의 사정을 듣게 되고, 나중에 수진이 연예계에 데뷔했을 때, 터전을 마련해 주기 위해 M&S에 투자를 하면서 사정이 바뀌었다.

그래서 그런지 미영이 성환을 대하는 것은 일반적인 그런 감정이 아니었다.

힘든 시기에 나타난, 자신들의 앞길을 밝혀 주는 등불과 같은 존재로 느껴진 것이다.

솔직히 꿈을 포기하고도 싶은 적이 한두 번이 아니었다.

어려운 시련을 이기고 데뷔를 했지만 현실은 아직도 수렁이었다.

가수는 되었는데, 방송을 한 번도 출연하지도 못했다.

물론 무대는 많이 경험을 했다.

다만 그것들이 모두 비방용 무대라 그리 인지도가 있는 것이 아니다 보니 꿈과 현실은 너무도 괴리가 있었다.

데뷔만 하면 모든 것이 사라지고 밝은 미래만 있을 것이라 생각했지만, 현실은 그러지 못했기에 성환의 존재는 미영에게 이루 형언할 수 없는 엄청난 존재로 다가왔다.

그랬기에 어리지만 성환을 놓치면 안 된다는 절실함이 그 누구보다 심했다.

그래서 지금도 아영이 성환의 곁에 있는 것을 그냥 두고 보지 못하고 따라간 것이다.

한편 그런 아영과 미영의 모습을 보는 혜연이나 최나영의 표정이 결코 좋지만은 않았다.

어찌 되었든 성환은 투자자일 뿐.

그저 편의적으로 대주주이기에 이사라는 직함을 준 것뿐이지 그가 회사 운영에 어떤 관여를 하지 않겠다는 약속을 했다. 하나 사회라는 것이 그렇지가 않다는 것을 잘 알고 있는 둘은 어린 아영이나 미영이 걱정이 되었다.

두 사람을 걱정하는 혜연과 나영이 멍하니 앞서 가는 성환과 아영 그리고 미영을 쳐다보고 있을 때, 이들의 정신을 깨우는 소리가 있었다.

"뭘 그렇게 있어요? 어서 가요."

수영은 잠시 성환을 따라가는 아영과 미영을 보다 멍하니 서 있는 혜연과 나영에게 소리쳤다.

"으, 응. 그래, 가자!"

혜연도 자신이 이렇게 걱정을 한다고 해서 뚜렷한 해결책이 있는 것도 아니기에 수영의 말에 대답을 하고 걸었다.

한편 주변에 있던 다른 사람들은 젊은 성환을 보며 아영이나 미영 등이 삼촌이라 부르는 것에 이상한 상상을 하며 쳐다보았다.

◆　　◆　　◆

보기 싫었던 것들의 모습을 보게 된 김병두는 기분이 별로 좋지 못했다.

'제길, 좋았던 기분을…… 그것들 때문에 망쳤군!'

트윙클의 무대가 끝나고 김병두는 기분도 그렇고 더 이상 이곳에 남아 있을 필요를 느끼지 못했다.

조금이라도 빨리 더러워진 기분을 풀어야 할 것 같았다.

그런 생각이 들자 뒤에 있는 보좌관에게 손짓을 했다.

"부르셨습니까?"

"그래, 이후 스케줄이 어떻게 되나?"

보좌관은 김병두가 이 자리를 빨리 벗어나고 싶다는 것을 눈치채고 얼른 대답을 했다.

"예, 이상덕 의원님과 점심 약속이 있으십니다."

보좌관의 말을 들은 김병두는 자신을 초청한 이용갑에게 고개를 돌려 말을 했다.

"이 회장, 난 이만 선약이 있어서 자리를 떠야겠네."

"아예, 오늘 자리해 주셔서 감사합니다."

자신을 돌아보며 자리를 뜬다는 김병두의 말에 이용갑도 더 이상 그를 붙잡지 않았다.

이미 그가 오늘 자리해 준 것 때문에 자신의 체면치례는 이미 다한 것이기 때문이다.

3선의 국회의원을 동원할 수 있는 자신의 능력을 협회 사람들에게 선보였으니 자신은 이미 할 만큼 한 것이다.

귀빈석에 있던 이들과 악수를 하고 자리를 떴다.

조금이라도 빨리 이곳을 벗어나기 위해 조금은 빠른 걸음으로 경기장을 빠져나갔다.

그런데 한참을 걷던 김병두의 눈이 갑자기 커졌다.

그가 가던 걸음을 멈추자 뒤를 따르던 보좌관도 걸음을 멈추었다.

"의원님 무슨 일이십니까?"

걸음을 멈춘 김병두의 모습이 조금 이상하자 바로 물어보았다.

하지만 김병두에게서 들려온 대답은 없었다.

그도 그럴 것이 방금 전 VIP석에서 기분 좋게 관람하던 것을 망치는 원인이 되었던 트윙클의 모습을 다시 목격하게 되었기 때문이다.

그런데 더욱 그를 경악하게 한 것은 트윙클의 옆에 갈아 마셔도 시원치 않을 원수가 밝은 미소를 머금고 걸어가고 있었기 때문이다.

'저, 저……!'

자신의 아들은 지금 고통에 겨워 요양을 하고 있는데, 그 원인이 된 연놈들이 하하 호호 하고 거리를 걸어 다니는 것을 목격하자 피가 거꾸로 치솟는 느낌을 받았다.

"의원님!"

보좌관은 너무도 이상한 반응을 보이고 있는 김병두의

모습에 그가 주시하는 곳을 쳐다보았다.

그리고 고개를 갸웃거리며 김병두를 불렀다.

하지만 이미 모든 정신이 성환이 있는 곳을 주시하느라 김병두는 자신의 보좌관이 부르는 것을 듣지 못했다.

그 뒤로 김병두가 정신을 차린 것은 성환과 트윙클 멤버들이 그의 시야에서 벗어난 뒤에야 겨우 정신을 차렸다.

"조사할까요?"

김병두의 반응이 이상하다는 생각에 보좌관은 조금 전 본 남녀의 정체를 알아볼까? 라는 생각에 물었다.

"아니, 그냥 둬."

"알겠습니다, 가시지요."

"그래."

김병두는 보좌관의 질문에 그냥 두라는 말을 했다.

이미 그는 그들의 정체를 잘 알고 있기 때문이다.

원수와 같은 M&S엔터의 가수들과 아들 김학수를 요양을 하게 만든 원수란 것을 말이다.

'가만두지 않겠다.'

자신의 부탁을 저버린 KBC도 그냥 둬서는 아니 될 것이다.

감히 자신의 말을 어긴 그들도 이제는 원수와 마찬가지였다.

"김 보좌관."

"네."

"저들의 방송 출연을 허가한 자를 알아봐."

김명철은 느닷없는 김병두의 말에 눈을 치떴다.

사실 그도 조금 전 경기장 안에서 무대를 봤기에 처음 보는 연예인이지만 그들이 누군지 기억하고 있었다.

그런데 느닷없는 김병두 의원의 말에 뭔가 이상함을 느꼈다.

"알겠습니다. 더 다른 것은 없습니까?"

혹시라도 또 다른 것을 알아봐야 할지 몰라 물었다.

역시나 김병두는 다른 것까지 그에게 알아보라는 지시를 내렸다.

"전에 누구였지?"

"누굴 말이십니까?"

"그, 왜 있잖나! 재작년 속 썩이던 기자 놈 처리한……."

"아!"

김명철은 김병두가 누굴 찾는 것인지 그제야 깨달았다.

2년 전 김한수 의원의 뒷조사를 하던 기자가 한 명 있었다.

국내에서는 독종으로 소문난 인물로, 사냥감은 놓치지 않는다고 해서 별명이 포인터라고 불리던 사내였다.

하지만 그도 결국 뒤끝이 좋지 못했다.

아니, 상대가 좋지 못했다는 것이 정답이었다.

감히 한국에서 6선 의원이고, 또 그 아버지 대부터 국내 정치권에 자리매김을 한 김한수 의원의 뒷조사를 시작했다는 것이 그가 한 가장 큰 실수였다.

다른 의원들과 다르게 김한수 의원은 정말로 무서운 사람이다.

괜히 여러 번 국회의원에 당선되고, 또 여당의 중견 의원이 아니다.

김한수 의원의 주위에는 위험한 인물들이 너무도 많았다.

감히 그의 뜻에 어긋난 일을 했다가는 같은 국회의원이라도 생을 책임지지 못할 정도다.

그런데 일개 기자가 그런 김한수 의원의 뒷조사를 하려고 했으니 그 결말은 말을 하지 않아도 빤한 일이었다.

아무튼 그 기자는 어느 날 갑자기 세상에서 사라졌다.

한때 이름을 날리던 기자의 실종으로 잠시 떠들썩하기는 했지만, 권력자의 뒤를 캐려고 했던 자의 말로는 그렇게 잊혀졌다.

그리고 그때 그 기자를 조용히 처리한 사람이 있었는데, 지금 그를 김병두 의원이 찾는 것이었다.

김명철이 알기로는 그는 국군 정보 사령부로 출신으로 북한에도 몇 번 갔다 온 사람이었다.

인간 병기가 되기 위해 혹독한 훈련을 거친 사람으로 사람 죽이는 것을 파리 죽이듯 하는 사람이기도 했다.

우연히 김한수 의원에게 전달할 것이 있어 그의 집에 방문했다가 한 번 본 적이 있었지만, 정말이지 두 번 보기 두려운 사람이었다.

　　그런데 지금 그자를 찾는 것이었다.

　　"저 보다는 김동한 실장에게 연락하시는 것이⋯⋯."

　　김명철은 한때 김한수 의원의 보좌관이던 김동한을 언급했다.

　　김한수 의원의 보좌관으로 온갖 더러운 일들을 처리하던 인물이라 아마도 그자에 관해서는 김동한이 잘 알 것이라 그리 말한 것이다.

　　김병두는 그런 김명철의 말에 잠시 생각을 하다 고개를 끄덕였다.

　　"그렇군, 그가 자세히 알 것 같군, 연락해."

　　"알겠습니다."

　　김병두는 김동한이 더 잘 알 것이란 김명철의 말에 고개를 끄덕이며 그에게 연락을 하라는 말을 했다.

　　이상덕 의원과 점심 약속 때문에 차에 오른 김병두는 그렇게 지시를 내리고 뒷좌석에 등을 기대며 눈을 감았다.

　　하지만 조금 전 성환과 트윙클의 멤버들이 웃고 있던 장면이 계속해서 머릿속을 떠나지 않았다.

◈　　◈　　◈

"와!"

점심을 먹기 위해 예약된 룸으로 들어간 일행들은 감탄성을 흘리며 놀라워했다.

비록 가난한 기획사의 연예인이지만 그래도 행사를 다니며 많은 화려한 것을 보았다.

그런데 들어온 샹그릴라 호텔의 레스토랑 방은 그 화려함의 극치였다.

그도 그럴 것이 성환이 예약한 방은 샹그릴라 호텔이 자랑하는 곳이었다.

그리고 이 방이 샹그릴라의 자랑인 이유는 세계 8대 보물이라고도 불리는 러시아의 '앰버 룸'을 재현한 방이기 때문이었다.

화려함의 극치를 보이는 이곳은 비록 이미테이션이기는 하지만 보석방, 또는 호박방이라 불리는 화려함의 대명사와 같은 이곳을 꾸미기 위해 샹그릴라 호텔의 경영자였던 최만수는 엄청난 비용을 들여 이곳을 꾸몄다.

그렇기에 웬만한 사람은 이곳을 상용할 수도 없었다.

그런데 지금 일개 아이돌이 이곳에 들어왔으니 놀라지 않을 수가 없는 것이다.

그리고 그건 그녀들의 뒤를 따라 들어오던 혜연이나 최나영 또한 마찬가지였다.

한 번도 이렇게 화려한 곳을 가 보지 못한 그녀들이다 보니 너무 놀라 감탄사도 나오지 않고 그저 입만 벌리고 있었다.

그리고 그것은 성환도 마찬가지였다.

그도 여러 번 샹그릴라를 방문했지만, 이곳은 아직까지와 보지 못했다.

그런데 그저 조카와 같은 아이들을 격려하기 위해 점심을 사 주려고 예약을 한 것인데 너무도 화려한 방에 안내되어 성환도 놀랐다.

'이거 진혁이 무리를 했군!'

암만 봐도 샹그릴라의 사장인 진혁이 오버를 한 것 같다는 생각을 했다.

하긴 그렇기도 했다.

진혁은 성환에게 연락을 받자 무슨 생각에서인지 이 방을 잡았다.

어차피 거의 비워진 곳이다 보니 예약을 잡는 것은 별 어려움이 없었다.

다만 이곳을 사용하려면 많은 비용이 들어가는데, 그건 앰버 룸의 품격에 맞게 서비스가 따로 진행이 되기 때문이다.

마치 중세 왕궁이나 귀족들의 파티처럼 예약한 손님은 그 자리에 앉아 있고, 샹그릴라의 직원들이 이들을 시중을 들었던 것이다.

한마디로 최고에 걸맞는 최고의 서비스를 제공함으로써 앰버 룸을 예약한 사람이 돈이 아깝다는 생각을 하지 못하게 만들었다. 그동안 그런 영업 전략은 딱 들어맞았다.

이곳 샹그릴라의 앰버 룸을 이용한 사람치고 샹그릴라의 서비스를 혹평한 사람은 아무도 없었다.

아무튼 지금 앰버 룸에 들어온 이들은 모두 실내의 화려함에 감탄했다.

내부의 화려함에 감탄하던 성환은 금방 정신을 차리고 아직도 놀라고 있는 여인들을 향해 소리쳤다.

"그만 자리들 앉지?"

성환의 말에 혜연과 최나영은 금방 정신을 차렸다.

하지만 아직 어린 트윙클 멤버들은 아직도 벽을 장식하고 있는 보석들의 화려함에 마음을 뺏겨 정신을 차리지 못하고, 주변을 서성이며 그 화려함을 감상했다.

"오셨습니까? 오신다면 미리 연락을 주시지 그러셨습니까?"

최진혁이 방으로 들어오며 자리에 앉은 성환에게 말했다.

갑자기 들린 낯선 남자의 목소리에 정신없이 보석을 구경하던 트윙클 멤버들은 얼른 정신을 차리고 성환의 뒤로 자리했다.

자신도 모르게 나온 방어 본능이었다.

이미 그녀들의 뇌리에는 성환이 자신들의 보호자였다.

사장인 혜연이나 총괄 매니저인 최나영 보다는 대주주이자 이사인 성환이 더욱 크게 자리 잡고 있었다.

그동안 자신들을 무시하던 연예계 관계자들도 이제는 자신들을 무시하지 않았다.

어리지만 큰 고비를 넘기고 우여곡절 끝에 연예계에 데뷔를 하고 또 많은 고초에 시달리던 트윙클이다 보니 그런 변화가 생긴 것이 누구 때문인지 금방 눈치챌 수 있었다.

아무튼 최진혁이 들어와 성환을 보며 고개를 숙이며 인사를 하자 트윙클도 성환의 뒤에 숨었던 것을 풀고 다시 자신들의 눈을 현혹하는 보석들이 박힌 벽을 구경했다.

그녀들이 그러거나 말거나 진혁은 성환에게 이 방의 연원에 관해 설명을 하고 있었다.

그런 진혁의 설명은 정작 성환 보다는 혜연이나 최나영 그리고 트윙클 멤버들을 매료시켰다.

역시나 어리거나 나이가 들었거나 여자는 여자인지 이처럼 화려한 보석으로 장식된 방에 관심이 많았다.

◈　　◈　　◈

'무슨 일로 날 부른 거지?'

김한수 의원이 몇 달 있으면 의원직을 상실하기 때문에

자신의 거처를 걱정해야 하는 김동한은 갑자기 김병두 의원이 부르자 무슨 일로 자신을 부르는 것인지 모르지만, 일단 그에게 가면 뭔가 자신의 앞날에 도움이 될 것이란 생각에 김병두 의원의 부름에 응했다.

사실 현재 김동한의 위치는 낙동강 오리알 신세였다.

원래라면 김한수 의원이 물러나면서 뒤를 봐 주기로 했었다.

김한수 의원이 의원직을 반납하면서 김동한은 그의 보좌관 자리에서 물러나고 대신 한국당의 비례 대표 의원이 되어야 했다.

그게 10여 년을 김한수 의원의 수발을 들어온 대가였다.

하지만 그 약속은 지켜지지 못했다.

예상치 못한 총선의 참패로 한국당의 비례 대표의 순서에서 밀렸기 때문이다.

그 때문에 당에 많은 후원금을 냈던 비례 대표들이 낙선을 했다.

그리고 그 여파로 지금 당이 한차례 홍역을 치렀다.

다행히 다음 선거 때, 공천을 해 주는 것으로 무마하긴 했지만, 이대로 가다가는 다음에도 국회의원 배지를 달지 못할 수도 있다.

그래서 김동한은 다시 다른 의원의 보좌관으로 들어갈 것인지, 아니면 조금 더 김한수 의원을 믿고 기다릴 것인지

고민을 하는 중이다.

그러던 차에 김병두 의원이 자신을 찾는다는 소리에 그를 만나러 가는 중이다.

당사가 아닌 약속 장소인 조용한 한정식 식당에 들어선 김동한의 눈에 김병두 의원의 보좌관인 김명철이 보였다.

개인적으로는 동문 후배이고 또 자신의 소개로 당에 들어와 잠시 자신의 밑에서 김한수 의원을 따르다가 김병두 의원 보좌관으로 들어간 막역한 사이였다.

하지만 지금 자신은 이젠 끈 떨어지기 직전이고, 그는 한참 기세가 오르는 3선 의원의 보좌관으로 참으로 미묘한 기분을 느끼게 했다.

"선배님, 여깁니다."

김동한을 발견한 김명철이 인사를 했다.

"의원님 안에 계시냐?"

"예. 들어가시지요."

"그래, 그런데 무슨 일인데, 날 여기로 부르신 것이냐?"

"일단 들어가십시다."

자신을 왜 이곳으로 부른 것인지 혹시나 들을 수 있을까, 해서 물어봤지만 명철은 대답을 하지 않고 자신을 안으로 밀었다.

확실히 이건 국회의원 보좌관으로서 정석 같은 행동이지만 자신과의 관계를 생각하면 조금 야속하기도 했다.

그리고 그만큼 자신의 처지를 느끼게 만들었다.

"그러지."

자신의 처지가 참으로 요상해졌다는 생각을 하면서 방 안으로 들어섰다.

방 안에는 먼저 도착한 김병두가 술잔을 기울이고 있었다. 그런데 얼마나 마셨는지 상당히 많이 취해 있었다.

"부르셨습니까, 의원님."

김동한은 얼른 김병두에게 인사를 했다.

비록 나이는 비슷하지만 그는 국회의원이고 자신은 일게 보좌관일 뿐이기에 김병두를 향해 고개를 숙이며 인사를 했다.

원래라면 지금 자신도 한국당 소속 국회의원이 되어 있어야 했지만, 그러지 못하기에 이렇게 저자세로 나갈 수밖에 없었다.

"으 응, 왔으면 자리에 앉지."

오늘 오전에 있던 대회에 VIP로 참석을 했다 본 불쾌한 장면 때문에 기분도 상해 혼자 술을 마셨다.

평소라면 누군가와 약속을 하고 먼저 취한 모습을 보이지 않던 김병두지만 오늘은 맨 정신으로 있을 수가 없었다.

가슴 깊은 곳에서 끓어오르는 분노로 미쳐 버릴 것만 같았기 때문이다.

"미안하군! 오늘 내 기분이 참 좋지 못해서 말이지. 자!"

김병두는 자신이 부탁할 것도 있고, 또 아직은 김동한이 아버지의 보좌관으로 있기 때문에 함부로 대할 수가 없어 대우를 해 주며 말을 했다.

"아닙니다. 그런데 무슨 안 좋은 일이라도……."

"그래, 오늘 내 기분 나쁜 것들을 많이 봐서."

김병두가 기분 나쁜 것들을 봤다는 말에 그의 말이 어떤 것을 뜻하는지 파악하지 못한 김동한은 고개를 돌려 자신의 옆자리에 앉은 후배를 봤다.

'무슨 일이냐?'

비록 말은 안 했지만 눈빛으로 오늘 무슨 일이 있었는지 물었다.

그리고 그런 김동한의 눈빛이 무엇을 말하는 것인지 안 김명철은 나지막이 대답을 했다.

"M&S엔터의 관계자와 그자를 보셨습니다."

김명철의 대답에 김동한은 고개를 갸웃거렸다.

M&S엔터라면 알겠지만 밑도 끝도 없이 그자라고 하니 알 수가 없었다.

"그자?"

"예, 그 왜 올 초에 봤던 정성환이란 자 있잖습니까?"

성환의 이름이 나오자 김동한은 눈을 반짝였다.

자신도 그 자리에 있었지 않은가?

아니, 직접 그자가 전역을 하는 날 김한수 의원의 지시를 받아 데려왔었다.

그런데 갑자기 성환의 이름이 왜 나오는 것인지 알 수가 없었다.

"그자를…… 왜?"

성환의 이름이 이 자리에서 왜 나오는 것인지 알 수 없어 다시 물었다.

그리고 들려온 대답은.

"오늘 의원님이 참석한 자리에 M&S엔터의 가수가 노래를 부르더군요. 그리고 그자도 그들과 함께 있더군요."

김명철의 대답을 듣고 그제야 지금 김병두가 왜 저러고 있는지 알 수 있었다.

확실히 자신의 아들과 엮인 악연으로 그를 보는 것이 편하지는 않을 것이다.

더욱이 김한수 의원으로 인해 복수도 못하고 있으니 더욱 기분이 좋지 않을 것이었다.

"그게 무슨 문제지. 그것이라면 김한수 의원님이 총선 뒤로 미룬 일 아닌가?"

"그렇긴 한데, 의원님이 아직까지 어떤 언질을 주지 않으니 의원님이 어떻게 할 수가 없지 않습니까?"

"음."

"그래서 그런데…… 선배님."

김명철은 김동한에게 선배님이란 말을 하며 은근히 운을

뗐다.

"무슨 말을 하려고?"

"의원님을 따르는 자들 중에 그런 일 잘하는 사람 있지 않습니까?"

김명철의 말에 김동한은 눈을 반짝였다.

뭔가 뇌리를 강타하는 뭔가가 있었다.

'옳지, 이건 기회다.'

자신에게 기회가 왔다는 생각이 들었다.

"누굴 말하는 거냐?"

"그 왜 있잖습니까? 청소부!"

청소부라는 김명철의 말에 확신을 얻은 김동한은 잠시 침묵을 했다.

지금 자신이 어떻게 하느냐에 따라 결과가 달라질 것이다.

불확실한 미래를 기다릴 것인가, 아니면 이 기회에 확실하게 한몫 챙길 것인지 궁리를 했다.

그리고 김동한은 결정을 했다.

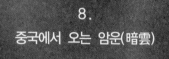

8.
중국에서 오는 암운(暗雲)

롭 헌터는 보부에서 보내진 팩스를 읽고 표정을 굳혔다.

그리고 얼른 팩스 전문을 가지고 지부장인 카론 제임스에게로 뛰어갔다.

"보스, 이것 좀 보십시오."

"뭔가?"

카론 제임스는 롭 헌터가 내미는 전문을 보며 물었다.

"도살자들이 움직였습니다."

"도살자?"

카론은 부하의 도살자라는 말에 고개를 갸웃거리다 그가 내민 전문의 내용을 읽어 보았다.

전문은 CIA본부에서 보내진 것을 확인한 그는 내용을

살피다 눈이 커졌다.

부하의 말대로 전문 안에는 도살자들에 관한 내용이 적혀 있었다.

[20XX년 10월 18일 차이니스 마피아 중 금련방에서 철사대라 명명된 무력 조직이 움직임. 아무래도 한국으로 들어가는 것으로 보임. 무엇 때문에 한국으로 들어가는지는 아직까지 밝혀지지 않았지만 20명이 움직이는 것으로 봐 홀로코스트가 예상됨.]

팩스의 내용은 너무도 확실했다.

한국에서 대량 학살이 벌어질 것으로 확신했다.

전문에 나와 있는 철사대란 단체에 관해서는 카론도 잘 알고 있었다.

세계 각국의 정보를 다루는 CIA이기 때문에 많은 정보들이 수집이 된다.

하지만 그중에는 꼭 군사 정보가 아니라도 중요하게 다뤄지는 정보들이 있는데, 그것은 바로 세계적으로 유명한 마피아 집단에 관한 정보이다.

중남미 마약 카르텔이나 러시아의 레드 마피아 등이 있다.

한때 일본의 야쿠자도 중요 정보 수집 대상이긴 하지만,

야쿠자에 대한 정보를 수집하면서 일본에 대해 자신들이 많이 오해를 하고 있다는 것을 알게 되어 야쿠자에 대한 정보는 중요 수집 대상에서 밀려났다.

하지만 야쿠자가 차지했던 자리는 다른 대상이 차지하게 되었는데, 그들이 바로 차이니스 마피아였다.

그들은 자체적으로 삼합회, 일면 트라이앵글이라 불리기도 했지만, 아무튼 중국 마피아들의 피해는 이루 말할 수 없이 심각했다.

어떻게 된 자들인지 모르겠지만 그들은 레드 마피아와 쌍벽을 이룰 정도로 인명을 경시하는 풍조가 있었다.

도끼와 비슷하게 생긴 무식한 식칼을 들고 사람의 팔이며 다리며 마구 절단해 죽이는 등 수법이 너무도 잔인했다.

더욱이 그들은 죽여도, 죽여도 어디서 나오는 것인지 마치 좀비와 같이 떼로 몰려다니며 인명을 살상했다.

그 때문에 그들의 불법 행위를 조사하다 많은 요원들이 죽거나 실종이 되었다.

카론이 짐작하기에는 실종된 요원들도 아마 모두 죽었을 것이다.

그리고 나중에 알아본 바에는 중국 마피아들은 죽은 사람의 살도 요리를 해 먹을 정도로 잔인한 놈들이었다.

공공연하게 인육을 거래한다는 정보도 들었다.

민간인을 납치해 살해를 한 다음 마치 도살장에서 고기

를 정육하는 것처럼 뼈와 살을 발라내고 그것을 판매한다는 소리였다.

그 뒤로 카론은 중국 마피아는 물론이고, 중국인들을 같은 인간이라 생각치 않았다.

미개해도 너무도 미개한 인종들이었다.

21세기에 인육을 먹는 인종이라니…… 정말로 상종 못할 종자들이었다.

그런데 그들 중에서도 요주의 인물들인 철사대가 한국에 들어온다는 전문이 자신의 손에 들려졌다.

"혹시 무슨 일로 한국에 들어왔는지는 모르나?"

"그게, 아무래도 제로와 관계가 있는 것 같습니다."

카론은 부하의 말에 의문을 표했다.

그 도살자들과 제로와 무슨 연관이 있어 그를 만나기 위해 중국 마피아들이 대거 한국에 들어왔다는 것인지 이해할 수가 없었다.

"어떤 근거로 그런 판단을 한 것이지?"

"이것은 제 판단이 아니라 정보 분석 팀에서 그렇게 파악한 것입니다."

롭 헌터는 이미 그것을 물어볼 것이란 예상이라도 한 것처럼 정보 분석 팀을 방문해 중국에서 온 그들이 무엇 때문에 한국에 들어온 것인지 몇 가지 예측을 했다.

그리고 그런 것들 중 가장 유력한 것을 하나를 말한 것이다.

"그렇게 판단한 근거는 뭐지?"

조금 전과 비슷한 말이지만 지금 물어본 것은 왜 그런 판단을 했는지 물은 것이다.

"그동안 지켜본 제로의 행적을 보면 한국의 폭력 조직인 만수파라는 곳과 무척이나 연관이 깊습니다. 그리고 그런 만수파가 최근 강북에 있는 또 다른 조직을 집어삼켰는데, 그곳이 바로 중국 마피아들이 거래를 하던 곳입니다."

"음."

롭 헌터의 차분한 설명은 카론은 미간을 모았다.

정말이지 이 조그만 나라에 뭔 그리 사건이 많은지 참으로 골머리가 아팠다.

제로 한 명만 조사하는 것도 골치가 아픈데, 이젠 도살자들까지 한국에 들어왔으니 일이 배로 늘어났다.

"이번 문제는 우리만으로는 어떻게 감당이 되지 않을 것 같은데, 자네 생각은 어때?"

자신의 판단으로는 도저히 도살자들이 한국에서 벌이는 일이 감당이 되지 않을 것 같았다.

그래서 부하인 롭에게 물었다.

역시나 롭 헌터도 비슷한 답변을 했다.

"저도 저희 인원만으로는 그들이 벌일 일을 감당할 수가 없을 것 같습니다."

"그렇지? 그렇다고 대만이나 일본 지부에 도움을 청하기도 그런데……."

카론은 이번 일을 혼자 처리하기에는 무리가 있다는 것을 알면서도 조직 내 자신의 경쟁자들인 대만과 일본 지부에 도움을 요청하고 싶은 생각이 없었다.

그렇다고 그냥 두고 볼 수도 없는 일이었다.

CIA한국 지부가 하는 일이 한국에서의 정보 수집만 하는 것이 아닌 한국이 계속해서 미국의 우호 동맹이길 원한다.

그러기 위해서는 무엇보다도 사회가 혼란해서는 안 되는 일이었다.

사회가 안정적일 땐 언제나 미국에 우호적인 인사들이 정권을 잡았었다.

하지만 사회가 불안정하고 사고가 많을 때는 자신들과도 과도하게 대립하는 양상을 보였다.

특히나 요즘 불거지고 있는 무기 도입 사업의 불공정 시비나, FTA협정을 둘러싼 불공정 행위 등에 관해 민감한 때이다.

이런 때 미국 차이나 타운에서 벌어졌던 것과 같은 대량 학살이 벌어진다면 자신들에게 도움 될 것이 하나 없었다.

"지부장님!"

"무슨 일인가?"

카론은 한참 이번 일을 어떻게 처리할 것인지 고민을 하고 있을 때, 그를 지켜보던 롭 헌터가 말을 걸었다.

"굳이 우리가 고민할 것이 아니라, 이번 일을 한국 경찰들에게 넘기는 것이 어떻습니까? '"

"그게 무슨 말인가?"

"저희는 그들을 막을 인원도 없을뿐더러 저희의 신분이 외부에 알려져서는 안 되지 않습니까?"

"그렇지."

비록 한국이 미국과 동맹이라고 하지만 자신들 내부에 외국의 정보 조직이 있다는 것을 받아들일 정부는 없었다.

물론 자신들이 있다는 것이 공공연한 비밀이라고 하지만, 그것이 정식으로 알려지는 것과 아닌 것의 차이는 큰 것이다.

그러니 지금 롭 헌터가 하는 말에 관심이 갔다.

"그러니 저희가 그들을 막을 것이 아니라 중국 마피아들이 한국에 들어왔다는 정보를 한국 경찰이나 검찰에 흘리는 것입니다."

"그래서?"

"뭐, 우린 이들이 한국에 들어와 범죄를 저지를지도 모른다고 알려 주고, 그들에게 대책을 세우라고 하면 되는 것 아닙니까? 그 뒤의 일이야 저희는 이미 정보를 알려 주었으니 한국인들이 나중에 알게 되더라도 저희를 욕할 일은 없는 것 아니겠습니까? 오히려 정보를 가지고도 막지 못한 정부를 욕하겠지요."

"맞아! 그런 간단한 수가 있었군."

카론 제임스는 부하의 말을 들으니 자신이 고민할 필요
가 없었다.

자신은 그저 넌지시 한국 정부나 관계자들에게 정보만
알려 주면 끝나는 일이었다.

유능한 부하를 가지고 있다 보니 골치 아픈 일을 쉽게 처
리할 수 있는 것이 자신에게 복이라 생각하며, 어떻게 하면
자연스럽게 이 정보를 한국에 알려 줄 것인지 궁리를 했다.

❖　　❖　　❖

청도—인천을 운행하는 여객선. 그곳에 희한한 광경이
펼쳐지고 있었다.

검정색 일색의 사내들이 모여 있는데 그들의 모습을 지
켜보자면 저절로 몸이 움츠려질 정도로 냉기가 흐르고 있었
다.

그렇다고 그들이 주변에 있는 사람들에게 어떤 행동을
한 것은 아니지만 왠지 모르게 그들에게 감히 범접하지 못
할 그런 기운이 흘렀다.

"얼마나 남았지?"

그들 무리 중에서 한 명이 낮은 목소리로 물었다.

그러자 그의 조금 뒤에 있던 한 명이 그 물음에 대답을 했다.

"앞으로 30분 뒤면 인천에 도착합니다."

"30분이라…… 알았다."

짧은 대화가 끝나고 이들 사이에는 다시 침묵이 흘렀다.

100여 명의 특이한 일행들 이들의 복장을 보면 참으로 촌티가 절로 난다고 할 수 있었다.

검정색 맞춤도 그렇지만, 이들이 입고 있는 옷은 마치 1980년대 농촌이나 공장의 노동자의 복장과 비슷했다.

때나 더러움이 묻어도 잘 표시가 나지 않는 면소제의 검정색 작업복을 입고 있었다.

그리고 몸에 걸린 코트는 이미 유행이 지나도 한참이 지난 다 낡은 검정색 레인코트를 입고 있어 전체적으로 무척이나 어둡다는 느낌을 주고 있었다.

사람들이 피하는 이들의 정체는 바로 중국 폭력 조직 중 하나인 금련방의 무력 조직인 철사대였다.

총원 100명의 철사대가 지금 한국행 배를 타게 된 것은 어려운 지부에서 지원 요청이 왔기 때문이다.

어떻게 된 일인지는 모르지만 지부의 기반이 흔들리고, 또 다수의 조직원이 병신이 되어 돌아왔다.

그냥 돌아온 것도 아니고 다시는 한국에 들어가지 못하게 강제 출국이 된 것이라 그것을 알아보기 위해서라도 지부에 누군가는 가야만 했다.

솔직히 한국의 지부장인 권문갑에게 지원 요청을 왔을 때만 해도 다들 그가 무능하다고만 생각했었다.

하지만 권문갑의 보좌하던 진진이 폐인이 되어 돌아왔을 때 뭔가 일이 심상치 않다는 것을 느끼게 되었다.

특히나 진진이라면 방 내에서도 제법 이름이 알려져 조만간 방 내부에 존재하는 무력대에 들어올 것이라 예상되던 제자였다.

그렇지만 사람들의 예상과 다르게 별 볼 일 없는 한국에서 누군가에 당해 폐인이 되고 말았다.

솔직히 이건 방 내부에 있는 어느 누구도 예상하지 못한 일이었다.

차라리 한국이 아닌 일본이나 대만이었다면 이해라도 했을 것이다.

그런데 진진 정도의 고수를 폐인으로 만들 수 있을 정도의 고수가 한국에 있을 것이라고는 생각지 못했다.

철사대의 대장인 장국영은 청도를 떠날 때부터 지금까지 생각하고 있었다.

'진진 정도의 고수를 그렇게 만들 만한 고수가 한국에 남아 있었나?'

사실 많은 사람들이 상각하기에 한국에는 무술의 고수가 남아 있을 것이라고는 생각지 않았다.

고대에는 해동에 기인이사들이 많다고 했었지만, 세월이 흐르면서 그런 기인이사들은 모두 사라졌다.

이는 한반도를 지배하던 권력층들이 자신들의 안전을 도모하기 위해 무(武)를 천시했기 때문이다.

쿠데타로 정권을 잡은 권력자들이기에 무력을 가진 이들이 나오는 것을 두려워해 무를 천시하고 문을 숭상했다.

뿐만 아니라 호란과 왜란을 겪으며 많은 무술들이 사라졌다.

더욱이 근대에 들어 일본에 식민지가 되면서 남아 있던 것마저 지키지 못하고 불태워졌다.

남은 것이라고는 알맹이가 사라지 쭉정이만 남게 된 것이 한국 전통 무술의 현 주소였다.

물론 많은 이들이 전통 무술을 찾기 위해 노력을 하고 있지만 아직도 한국은 멀었다.

중국이나 일본 하다못해 인도보다도 못한 수준이다.

아니 그렇게 알고 있었다. 그런데 현실은 그러지 않았다.

아직 일류까지는 아니더라도 이류에는 들어가는 고수인 진진과 그에 조금 못 미치는 제자들이 다수가 몰려갔지만 경호원 몇을 처리하지 못하고 그렇게 되었다고 했다.

이것이 지금 장국영을 고민을 하게 만드는 원인이었다.

알고 있는 정보와 현실이 너무도 다르다 보니 그 괴리감을 떨칠 수가 없었다.

막말로 한국에 어떤 변수가 있을지 몰라 작전을 어떻게 세워야 할지 걱정이었다.

남들은 철사대의 모습을 보고 무식하고 머리를 쓰지 않는다 생각하지만, 사실 장국영은 철사대를 운용할 때 철저히 작전을 세우고 작전에 임했다.

그렇기에 언제나 유리한 전투를 할 수 있었다.

마치 사바나의 사자가 사냥을 하듯 상대의 약점을 철저히 파고들어 강력한 무력을 앞세워 단숨에 상대의 목줄을 끊었다.

그러다 보니 사람들은 결과만 보고 철사대를 무식하다고 하지만 절대로 그렇지 않았다.

"대장님, 그자들은 위험한 자들입니다. 특히나 20살 정도의 초류향을 닮은 남자를 조심하십시오. 그들의 우두머리로 보이던 남자였습니다. 그는 제게 점혈을 사용해 고문을 했습니다. 뿐만 아니라……."

장국영은 한국으로 파견 가기 전 진진에게 들렸다.

그동안 방을 위해 노력한 것을 참작해 망가진 몸을 치료해 주기 위해서 방에서 운영하는 병원에 입원해 있었다.

혹시라도 빠뜨린 정보가 있을 것 같아 들렸는데, 아니나 다를까, 진진에게서 놀라운 정보를 듣게 되었다.

중국에도 몇 없는 점혈을 할 줄 아는 고수가 한국에 있다는 것이다.

더욱이 놀랍게도 오랜 수련을 한 노년의 고수가 아닌, 이제 겨우 약관으로 보이는 자라 했다.

뿐만 아니라 외모도 톱 배우인 초류향과 닮았다고 하니 마음 한편에선 질투가 났다.

초류향이라면 현재 대륙에서 가장 유명한 배우였다.

어느 날 갑자기 혜성처럼 나타나 전설에 나오는 초류향처럼 중국 사극을 평정한 사내였다.

뛰어난 무술 실력과 외모를 겸비했으며, 나중에 알려진 것이지만 그 배경도 만만치 않은 사람이었다.

아무튼 그런 자와 닮은 사람이 또 점혈을 사용할 정도의 고수란 사실까지 듣게 된 장국영은 이번 한국행이 여간 신경이 쓰였다.

왠지 모를 불길한 감이 꽁지를 간질이는 기분이 들어 찝찝하게 만들었다.

그런 기분을 떨치기 위해서인지 인천까지 얼마나 남았는지 다시 한 번 물었다.

"목적지까지 얼마나 남았다고 했나?"

"25분 남았습니다."

장국영의 물음에 그의 부하는 귀찮은 것도 없는지 표정 변화 없이 알렸다.

"도착하면 깨워."

"알겠습니다."

장국영은 더 이상 생각을 해 봐야 직접 겪어 보는 것만 못하다는 것을 깨닫고, 그냥 조금이라도 쉬기로 했다.

◆　　◆　　◆

프리랜서 해결사인 박형식은 오랜만에 전화를 받았다.

예전부터 가끔씩 일감을 주던 사람이었는데, 그가 기억하기론 여당의 실세의 보좌관이라 했었다.

뭐 알아보려고 하면 충분히 그가 누구인지, 가족 관계는 어떻게 되는지 알 수도 있었지만, 전혀 알아보려는 시도를 하지 않았다.

사실 처음 해결사 일을 했을 때만도 호기심도 많고 해, 자신에게 의뢰를 하는 의뢰인들에 대해 조사를 해 보기도 했다.

물론 호기심 때문만은 아니었다.

자신이 하는 일이 불법적인 일이다 보니 혹시라도 뒤탈이 있는 것은 아닌가, 하는 생각에서 대비를 하기 위해 준비를 했었다.

그런데 나중에 그것이 오히려 독이 되어 뒤끝이 안 좋다는 것을 알게 되었다.

자신이 처리한 사람들 중에 자신과 같은 일을 하던 사람들도 몇 있었다.

하지만 그들이 그리된 것은 호기심을 이기지 못해 의뢰인에 대한 조사를 했거나, 아니면 자신처럼 뒷일을 생각해 증거를 수집한다거나, 그것도 아니면 의뢰인을 협박해 큰돈을 벌기 위해 했든, 아무튼 그들의 공통점은 의뢰인에 대해 조사를 하고 자료를 수집했다는 것이다.

그리고 그러한 것이 의뢰인에게 들켜 생을 마감하게 되었다.

박형식은 그 뒤로 어떠한 경우에도 의뢰인에 관해서 일절 알려고 하지 않았다.

물론 그런 박형식이지만 위기가 없던 것은 아니었다.

일을 처리하고 미수금을 받으려던 때, 의뢰인이 배신을 하고 또 다른 해결사에게 자신의 뒤처리를 의뢰했던 것이다.

물론 그자는 물론이고, 자신을 배신한 의뢰인까지 모두 깔끔하게 보내 주었다.

보내 주었다는 것이 그냥 집으로 보냈다는 것은 아니다.

염라대왕 앞으로 보내 주었다는 표현이다.

아무튼 한동안 연락이 없던 사람에게서 다시 연락이 왔다.

"그래, 이번 제가 할 일이 뭡니까?"

박형식은 자신의 앞에 앉은 남자에게 자신이 해야 할 일이 뭔지 물었다.

의뢰라고 해서 살인 청부만 있는 것은 아니었다.

도망간 사람을 찾는다거나, 아니면 자신이 필요한 정보를 빼 오라는 의뢰를 하기도 했다.

그렇기에 눈앞에 있는 남자에게 어떤 의뢰를 할 것인지 물은 것이다.

물론 살인 청부가 위험 부담이 있기에 가장 비싸다.

그리고 그 다음이 정보를 빼 오는 것이고, 가장 싼 것이 사람을 찾는 일이다.

뭐 종류에 따라서는 정보를 빼 오는 것이 가장 비쌀 수도 있지만, 지금까지 자신이 받은 의뢰 중 그런 의뢰는 극히 드물었다.

그도 그럴 것이 비싼 정보를 빼 오려면 팀이 있어야 한다.

하지만 자신은 언제나 독고다이.

동료 없이 혼자 움직인다는 소리였다.

괜히 손발도 맞지 않는 사람과 함께 했다가 덜미라도 잡히면 손해이기 때문이다.

솔직히 자신이 하는 일이 불법적인 일인데, 자신의 안전을 위해선 한 명이라도 비밀을 아는 사람이 없어야 한다.

그래서 박형식은 혼자 움직였다.

의뢰인도 박형식의 본명은 알지 못했다.

하지만 의뢰인이야 자신의 일만 정확하게 처리해 주면 그런 것은 신경 쓰지 않기에 박형식으로서도 자신의 본명을 물어 오지 않는 의뢰인들이 좋았다.

"이자를 처리해 주게."

김동한은 품에서 사진 한 장을 꺼내 그의 앞으로 밀었다.

박형식은 자신의 앞에 놓인 사진을 들어 올렸다.

그리고 눈을 끄게 떴다.

자신이 보고 있는 사진에게는 절대로 잊을 수 없는 사람의 얼굴이 들어 있었다.

뭔가 분노하는 듯 사진을 노려보던 박형식은 사진을 그냥 테이블에 올려 두고 몸을 뒤로 뺐다.

그런 박형식의 모습에 김동한은 의아한 표정이 되어 물었다.

"왜? 의뢰를 거부하는 것이지?"

박형식의 몸이 의자 뒤로 젖히는 모습을 보고 그가 의뢰를 포기했다는 것을 알고 물은 것이다.

그런 김동한의 질문에 박형식의 말은 뜻밖이었다.

"불가능해!"

"불가능?"

김동한은 도저히 믿을 수가 없었다.

자신이 알고 있는 이 남자의 능력이라면 대한민국에서

못할 것이 없는 사람이었다.

어떤 불가능한 일에도 이 남자가 나서면 해결이 되었다.

자신이 모시던 김한수 의원의 맞수였던 모 의원이 김한수 의원의 약점을 가지고 있다는 정보를 취득한 적이 있었다.

그때 김한수 의원은 자신의 일을 돕던 만수파에 그 일을 의뢰했었다.

하지만 모 의원도 만수파에 못지않은 조직 폭력배를 거느리고 있어 그 의뢰는 실패로 돌아갔다.

그런데 이상수 의원을 통해 이자를 알게 되었다.

국군 정보 사령부 산하 특수 요원이 한 명 있는데, 사고를 치고 불명예 제대를 한 인물이라 했다.

나중에 알게 된 사실이지만 그가 쳤던 사고가 바로 깡패들과의 싸움이었다.

단순한 싸움이었다면 능력을 생각해 군에서 무마시켰을 것이지만, 당시 싸웠던 깡패들을 죽였던 것이 문제가 되었다.

싸움이 불리해지자 칼을 꺼내 든 깡패들을 오히려 그 칼을 빼앗아 죽여 버렸다.

비록 깡패라고 하지만 10여 명의 사상자를 냈으니 그냥 넘길 수만은 없었다.

다행이라면 피해자들이 조직 폭력배라는 점과 흉기가 그

들의 물건이라는 것이다.

아무튼 어찌 되었든 그렇게 불명예제대를 하고 나오긴 했지만 이상수 의원 밑에서 일을 하고 있었다.

초선의원이던 이상수 의원이 실세인 김한수 의원이 곤란한 일을 겪고 있자 그를 소개한 것이다.

그리고 그 일이 잘 풀려 이상수 의원은 재선 공천에 성공을 했다.

무지막지한 이 사람이 사진만 보고 두말도 않고 불가능이란 말을 하자 김동한은 놀랐다.

"뭐가 불가능이란 소리요?"

불가능하단 소리에 그 이유를 물어보았다.

그리고 그에게서 들린 말은 너무도 황당했다.

"이 사람은 대한민국 전군이 나서도 막을 수 없어!"

"아니, 그게 말이 되는 소리요? 말이 되는 소리를 해야지……."

박형식의 이야기를 듣고 김동한은 너무도 말도 안 되는 소리에 역성을 냈다.

아무리 대한민국 군대가 폄하된다고 하지만 한 개인을 상대하기 위해 국가의 전력이 동원이 된다는 말인가?

사진의 주인공인 정성환이란 자가 전에 특수부대 교관이라 했던 것이 생각났다.

아마도 눈앞의 이자도 그에게 배웠을 것 같았다.

그러니 그런 말도 안 되는 소리를 하는 것이리라.

"훗! 내 말이 농담 같이 들리시오?"

"......?"

박형식은 자신의 말을 믿으려 하지 않는 김동한을 보며 진지하게 물었다.

"물론 조금 과장이 섞이긴 했지만, 지금 생각하니 전혀 불가능한 것도 아니군."

말을 하다 말고 박형식은 자신의 말이 불가능한 것만은 아니란 생각이 들었다.

개인이 군대와 싸움을 할 때 굳이 정면으로 승부할 필요가 없었다.

특히나 자신이나 정성환 같은 이들은 절대로 전면전을 하지 않는다.

"그는 군 내부에서도 전설적인 인물이오. 과거 북한 핵 시설을 타격하는 임무를 받고 침투했다가 혼자 살아 돌아온 사람이오."

오래전 성환이 했던 임무에 관해 이야기를 꺼낸 박형식은 주저리주저리 성환에 대한 이야기를 했다.

이야기를 들을수록 김동한의 얼굴은 경악으로 물들어 갔다.

자신이 듣던 거와는 전혀 다른 이야기를 하고 있었다.

김한수 의원 보좌관을 하면서 그에 대해 알아본 내용은

방금 전 들었던 것도 있었지만, 많은 것이 누락되어 있었다.

북한에 침투했다가 돌아왔다는 정보는 있었다.

그리고 그런 것은 흔한 것이니 신경 쓰지도 않았다.

눈앞에 있는 남자도 북한의 정보를 알기 위해 침투했다 나오지 않았는가?

대한민국은 공식적으로 북한에 간첩을 보낸 사실이 없다.

하지만 국회의원 보좌를 하면서 그게 사실이 아니란 것을 너무도 잘 알고 있다.

그리고 국회의원 보좌관이 아니더라도 국가 안보를 위해선 적성국의 정보를 확보하는 것이 당연한 것이니 간첩을 보내는 것은 당연한 것이다.

다만 그것을 대한민국은 인정하지 않고 있을 뿐, 모두가 다 알고 있다.

그러니 김동한은 정성환이 북한에 들어갔다 온 것이 정보를 취득하기 위해 그러한 것이라 생각했을 뿐이다.

"어떻게 안 되겠나?"

"내가 다른 것은 모르지만, 목숨 귀한 것은 아는 사람이오."

박형식은 잠시 말을 멈추고 테이블에 있는 음료수를 들어 한 모금 마시고 다시 말을 했다.

"이 세상에는 건드려도 되는 사람과 그렇지 않은 사람이 있소. 그런데 이 사람은 절대로 건드려선 안 되는 부류에 속하는 사람이오. 내 당신에게 충고 한마디하겠는데, 누가 부탁한 것인지는 모르지만 이번 일에서 손을 떼는 것이 좋을 것이오."

이야기를 끝낸 박형식은 자리에서 일어났다.

이번 의뢰는 불가능한 일이었다.

아무리 자신이 능력이 뛰어나도 할 수 있는 일과 없는 일이 있다.

괜히 불가능한 일에 정력을 낭비할 필요가 없었다.

특히나 자신과 별로 좋지 않은 기억이 있는 그를 다시 만나고 싶은 생각이 없었다.

그런 박형식이 막 자리에서 일어나려고 하자 김동한은 급하게 그를 불러 세웠다.

"잠깐!"

"뭐요? 더 할 말이라도 있소? 난 이번 의뢰를 받을 생각이 없는데!"

"그럼 다른 의뢰를 하겠소."

김동한은 박형식이 성환에 대한 의뢰를 받으려 하지 않자 다른 의뢰를 하기로 했다.

사실 성환을 처리해 줬다면 편했을 것이지만, 그는 그 의뢰가 불가능이라 말했다.

그래서 하는 수 없이 다른 의뢰를 할 수밖에 없었다.

안 주머니에서 또 다른 사진을 꺼내 그의 앞으로 밀었다.

이번에는 조금 전과 다르게 한 장의 사진이 아닌, 여러 장의 사진이 박형식의 앞에 놓였다.

"이게 뭐요?"

또 다른 사진들이 자신의 앞에 놓이자 박형식은 그것들을 들여다보며 물었다.

사진 속에는 어린 여자애들이 보이고, 또 다른 사진에게 나이가 좀 든 여자의 사진이 있었다.

사진 속 주인공은 바로 M&S엔터의 사장인 이혜연과 트윙클 멤버들이었다.

"그자가 안 된다면, 이들을 납치해 주시오."

"납치?"

여자들을 납치해 달라는 김동한의 말을 듣고 고민을 했다.

이자가 무엇 때문에 정성환과 여자들을 납치해 달라는 의뢰를 하는 것일까? 고민을 해 봤다.

물론 정성환에 대한 의뢰를 받지 않겠다고 하자 여자들의 사진을 보여 준 것으로 봐서는 여자들이 정성환과 연관이 있을 것이란 사실을 알 수 있었다.

'이 여자들이 누구기에…… 하지만?'

말없이 한참을 사진만 쳐다보던 박형식은 눈을 잠시 감았다 뜨고 굳은 표정으로 말을 했다.

뭔가 결심이 섰기에 그런 표정을 지었다.

"좋소, 여자들을 데려다 주겠소. 하지만 이 여자들이 정성환과 어떤 연관이 있는 것으로 보이지만 난 그것까지는 생각 않을 것이오. 그러니 나의 임무는 여자들을 당신에게 데려다 주는 것까지만 인 것이오. 이해하시겠습니까?"

"그렇게 하겠습니다."

"그럼 의뢰를 받는 것으로 하고, 의뢰비는 2억. 선수금으로 반, 데려다 주면 나머지 반을 주시오."

여자들을 데려다 주는 것으로 2억을 불렀다.

박형식의 말을 들은 김동한은 눈을 크게 떴다.

너무도 큰 금액이기 때문이었다.

"너무 과하지 않소?"

"싫으면 말고. 사진을 보니 이들의 신분도 결코 평범하지 않은데, 내 위험 수당도 있어야 하는 것 아니오?"

박형식은 사진을 들어 보이며 말을 했다.

사진 속 여자 아이들의 모습을 보면 무대 위에서 마이크를 들고 노래하는 모습이 찍혀 있었다.

그것으로 봐서 여자아이들의 직업은 아이돌 가수일 것이다.

그리고 다른 성인 여자의 모습이 가수들 뒤편으로 살짝 보이는 것으로 봐서 그들과 관계가 있어 보였다.

그 말은 연예계 관계자란 소리였다.

방송을 타는 연예인과 그 관련자들을 납치하는 일이다.

분명 그들이 사라지고 난 뒤로 소동이 일 것이 분명했다.

납치까지는 별문제가 아니지만 그들이 사라진 뒤가 문제다.

자신의 안전에 관해서 불확실하기 때문이다.

그러니 박형식은 이번 일을 하고 한동안 잠수를 해야 하기 때문에 적은 돈으로는 의뢰를 수행할 수 없는 입장이다.

"이거 왜 이럽니까, 다 아실 만한 분이. 이번 일이 끝나면 분명 소동이 일 것인데, 일이 잠잠해질 때까지 나도 어디 숨어 있어야 할 것 아닙니까? 이왕이면 물 좋고, 경치 좋은 곳에서 관광을 하는 것도 좋은 생각 아닙니까?"

갑자기 느물거리며 말을 하는 박형식의 모습에 김동한은 한숨을 쉴 수밖에 없었다.

자신이 김한수 의원을 떠나 김병두 의원에게 가담하기로 한 순간부터 일은 꼬였다.

이미 자신은 이번 일에서 벗어날 수 없다는 생각이 들었다.

김한수 의원은 자신의 목적을 위해선 뒤로 물러설 수도 있는 머리가 있었다.

하지만 그의 아들인 김병두 의원은 그러지 못했다.

가지고 싶은 것, 하고 싶은 일은 꼭 해야만 직성이 풀리는 성격이었다.

이번 일이 잘 풀리지 않으면 자신과 약속했던 것은 수포로 돌아갈 것이다.

그러니 자신은 선택의 여지가 없었다.

비록 비용이 초과되긴 했지만, 그건 자신이 김한수 의원의 보좌관을 하면서 챙긴 것을 조금 풀면 되는 것이었다.

'그래, 내가 약속대로 공천만 받으면……'

다음 총선의 공천만 받는다면 이번에 쓰는 돈은 아깝지 않았다.

사실 정치판에서 1, 2억은 푼돈에 불과했다.

그러니 이번에 초과된 의뢰비에 관해서는 투자라 생각하기로 했다.

◆　　◆　　◆

"무슨 일로 날 이리로 부른 거냐?"

성환은 전화로 자신을 부른 최세창 때문에 어쩔 수 없이 국군 정보 사령부로 왔다.

차에서 내리자마자 최세창을 보며 왜 부른 것인지 물었다.

"여기서 말할 내용이 아니니 일단 안으로 들어가자."

자신을 보자마자 안으로 들어가자는 최세창을 보며 성환도 조용히 그의 뒤를 따랐다.

세창의 굳은 모습으로 보아 평범한 내용은 아닌 듯했다.

뭔가 심각한 이야기를 하려는 것인지 잔뜩 굳어 있었다.

빈 회의실에 도착한 성환은 다시 조금 전 물었던 질문을 다시 물었다.

"그래 무슨 일이냐?"

"외부에서 들어온 정보 때문에 불렀다."

"정보?"

성환은 세창이 심각한 표정으로 외부에서 들어온 정보 때문에 자신을 불렀다는 말을 하자 의아한 표정으로 물었다.

도대체 어떤 정보가 들어왔기에 세창이 이렇게 굳어 있는 것인지 궁금해졌다.

"그래, 정보."

성환은 거듭되는 세창의 말에 고개를 갸웃거렸다.

국군 정보 사령부의 장교인 세창이 접할 정보라면 군사 정보뿐일 것인데, 그게, 이제는 민간인인 자신과 연관이 있다고 하니 이해가 가지 않았다.

자신과 연관이 있을 만한 정보라면 국군 정보 사령부 보다는 차라리 국가 정보원에서 나온 정보라고 하는 것이 더 신빙성이 있어 보였다.

"네가 접한 정보라는 것이 나와 연관이 있다는 거냐."

"물론 네가 무슨 생각을 하고 있는지 알겠는데, 사실 이 정보는 네가 하고 있는 프로젝트에 영향을 미칠 것 같아 알려 주기 위해 부른 것이다."

"설마…… 삼청 프로젝트를 말하는 것이냐?"

"맞아, 삼청 프로젝트."

모든 프로젝트가 그렇듯 자신이 진행하고 있는 삼청 프로젝트는 극비의 작전.

만약 이것이 외부에 알려진다면 대한민국은 큰 파장이 일 것이다.

군이 나서서 암흑가를 장악하고 그들을 이용해 부정부패를 일삼는 정치인들은 물론이고, 체계를 개편하겠다는 프로젝트니 당연했다.

모르긴 몰라도 기존 기득권을 가진 모든 사람들이 프로젝트와 관련된 사람을 가만두진 않을 것이 분명했다.

하지만 성환은 그리 걱정하지 않았다.

이미 자신은 어느 정도 세력을 이루었기에 알려지더라도 상관이 없었다.

알려지면 알려진 대로 대처할 방법이 이미 모색이 되어 있기 때문이다.

"그런데?"

"뭐, 삼청 프로젝트가 외부에 알려졌다거나 그런 것은 아니고, 네가 진행하고 있는 프로젝트에 영향을 미칠 만한 외부 세력이 한국에 들어왔다는 것을 알리기 위해 불렀다."

"외부 세력?"

성환은 세창이 외부 세력이 유입되었다는 소리에 고개를 갸웃거리다 뭔가 생각이 났는지 눈이 커졌다.

"혹시 중국인들이냐?"

"알고 있었냐?"

성환이 먼저 말을 꺼내자 세창은 성환이 이미 알고 있었는지 알고 놀란 표정을 지었다.

하지만 성환은 다시 한 번 세창에게 물었다.

"그런데 그들이 얼마나 들어왔기에 네가 날 급하게 찾았나?"

"100명 정도가 들어왔다고 한다."

"100명?"

100명이란 소리에 성환도 이때만큼은 깜짝 놀랐다.

그렇게나 대규모 인원이 한국에 들어왔을 줄은 생각도 못했다.

전에 진진이란 자를 잡았을 때, 그가 속한 조직에서 언제가 지원군을 보낼 것이란 예상은 하고 있었다.

그런데 100명이란 대규모로 지원이 왔을 줄이야!

"알았다. 난 이만 가 볼게!"

자리에서 일어나는 성환의 모습에 최세창은 얼른 자리에서 일어나 하던 말을 덧붙였다.

"미국 쪽에서 들어온 정보인데, 이번에 들어온 놈들이

단순한 놈들이 아니라 도살자라 불릴 정도로 무식한 놈들이라고 한다. 개개인이 특수부대원 못지않은 전투력을 가지고 있다고도 했다."

밖으로 나가는 성환의 뒤에 대고 세창은 알고나 있으라는 듯 소리쳤다.

"알았다."

알았다는 대답을 해 주고는 국군 정보 사령부를 나온 성환은 자신의 차로 걸어가면서 생각을 정리했다.

'도살자라 불릴 정도로 과감하게 손을 쓴다는 말이지. 음, 쉽지는 않겠군.'

생각을 정리한 성환은 그들이 만만치 않을 것이란 예상을 했다.

전에 붙잡은 진진이란 자도 자신에 보기에 상당히 많은 수련을 한 것으로 보였다.

비록 내공이랄 것도 없는 별 볼 일 없는 내공을 가지고 있지만, 일단 그들은 어려서부터 무술을 수련했을 것이니 자신이 가르친 KSS경호의 경호원들 보다는 무술에 대한 숙련도가 높을 것이다.

물론 경호원들이 단기간 수련으로 그들보단 숙련도가 떨어질지 모르지만 그래도 불리한 것만은 아니다.

경호원들은 중국 깡패들 보다 수준 높은 무술이 아닌 무공을 배웠고, 약물에 의한 것이지만 내공을 보유하고 있었다.

무술과 무공은 엄연히 차이가 있었다.

그냥 단순한 고급 기술 정도가 아닌 것이다.

내공을 이용한 공격법들은 사용한다면 비록 숙련도는 뒤질지라도 충분히 그것을 커버하고 남을 것이다.

그리고 일단 숫자에서 비슷하니 그리 밀릴 것이란 생각은 들지 않았다.

생각을 정리하니 처음 들었을 때보다 그리 걱정이 되지 않았다.

'괜한 걱정을 했군.'

사실 지금 생각하니 정말로 괜한 걱정이었다.

경호원들뿐 아니라, 전 S1팀인 특별 경호팀이 합류를 한다면 이번에 왔다던 100명 정도는 어린아이 팔 비트는 것보다 쉽게 해결될 일이었다.

9.
방송국 앞에서 혈투

김동한의 의뢰를 받은 이후 박형식은 트윙클과 이혜연의 뒤를 쫓기 시작했다.

　의뢰를 받았다고 무턱대고 그들을 납치하려고 했다가는 자신의 정체가 들통 날 수 있기 때문에 빈틈을 노리기 위해 조사를 하는 것이었다.

　하지만 아무리 따라다녀도 납치할 만한 시간이나 빈틈이 보이지 않았다.

　사실 처음 따라다닐 때만 해도 몇 번 시도해 볼 만한 틈이 보였다.

　하지만 시도해 볼 만한 틈이지 안전한 것은 아니었기에 급한 마음을 진정시키며 보다 확실한 때를 기다리기로 했다.

그런데 어느 날 갑자기 약간의 틈도 없어졌다.

경호원들이 배로 늘어난 때문이다.

이제 겨우 방송에 얼굴을 내미는 신인 아이돌에게 과도하다 할 만한 만큼이나 많은 경호원이 붙어 버린 것이다.

4명의 아이들에게 무려 6명이나 경호원이 붙어 있으니 빈틈이 보일 수가 없었다.

사실 박형식이 초기에 발견한 빈틈도 경호를 처음 경험해 보는 KSS경호원들이 경호가 몸에 익숙하지 않았기 때문에 벌어진 일이었다.

하지만 시간이 지나고 계속해서 훈련을 하고, 또 인원이 3명에서 6명으로 늘어나니 그런 실수도 커버가 되었다.

그러다 보니 박형식으로써는 예전 놓친 찬스가 너무도 안타까웠다.

그런데 트윙클의 경호원 수가 이렇게 늘어난 것에는 이유가 있었다.

성환이 최세창을 만나고 온 뒤로 M&S엔터나 최진혁에게 들어가는 경호원의 수를 늘린 것이었다.

금련방에 중국에서 100명이나 되는 인원이 들어갔다는 이야기를 들은 다음 그리 결정했다.

분명 금련방에서는 만수파를 그냥 두진 않을 것이다.

아니, 분명 만수파에 어떤 행동을 취할 것이 분명했다.

그런데 그들이 만수파만 공격하고 말 것이란 생각이 들

지 않았다.

분명 자신에 관해서도 이야기가 들어갔을 것이라 판단했
다.

요상하게 꼬이긴 했지만, 자신에 관해 의뢰를 했던 김상
수란 자가 중국인 조직에 투신을 했다는 보고를 받았다.

더욱이 자신과 만수파가 관계 있다는 것도 알려졌을 것
이 분명한데 자신과 연관이 있는 M&S엔터를 그냥 둘 거
란 보장도 없었다.

그러니 충분히 가능성 있는 일을 미연에 방지하기 위해
성환은 자신이 가용할 수 있는 무력인 KSS경호의 인력을
풀었다.

최진혁은 물론이고, 김용성에게도 기존의 2명의 경호원
에 다시 2명을 더 추가해 투입을 했다.

그리고 M&S엔터에도 기존에 투입하던 인원보다 더 투
입하고 남은 인력은 비상 대기시켰다.

혹시라도 연락이 왔을 때, 바로 출동할 수 있도록 말이다.

마치 군대의 5분 대기조 같이 상시 대기를 시킨 것이다.

그러한 사정을 모르는 박형식은 계속해서 트윙클의 스토
커마냥 그들의 스케줄 표를 따라 움직이며 빈틈을 노리고
있었다.

◈　　◈　　◈

장국영은 권문갑이 내민 사진을 들여다보았다.

잘생긴 청년이 그곳에 있었다.

사진 속 청년이 어디서 많이 본 듯한 얼굴이란 생각이 들기도 했다.

그리고 곧 그가 누군지 깨달았다.

'이자가 진진이 말한 그자군!'

바로 진진이 자신에게 조심하라고 알려 준 그자였다.

"이자의 사진을 왜 보여 주는 것이오?"

권문갑이 무엇 때문이 이자의 사진을 보여 주는 것인지 알 수 없었기 때문이다.

"그게 지부에 개인적으로 의뢰가 들어와서 장 대장에게 보여 주는 것이오."

한국 지부장인 권문갑이지만, 철사대의 대장인 장국영에게 함부로 할 수는 없었기 때문에 서로 존칭을 하고 있었다.

사실 급으로 보면 한 구역을 책임지는 지부장인 권문갑이 좀 더 위라고 할 수 있다.

하지만 철사대 또한 어떻게 보면 방주 직할의 무력대이니 그 권위도 무시할 수는 없었다.

그러니 서로 존칭을 하면서 공대를 하는 것이다.

"지부가 이런데 의뢰라……?"

무슨 말이 하고 싶은 것인지 장국영은 혼잣말을 중얼거렸다.

하지만 그 뜻이 결코 좋은 쪽은 아니란 판단에 권문갑은 얼른 말을 덧붙였다.

"그건 아주 중요한 의뢰요. 그 의뢰를 한 곳이 한국의 재벌이기 때문이오."

"재벌?"

"그렇소, 재벌."

장국영은 속으로 지부가 박살이 난 것이나 다름없을 정도로 위축이 된 상태에서 감당도 못할 의뢰를 받았다는 권문갑의 말에 기가 찼다.

그래서 의뢰라는 말에 차가운 말을 했는데, 이야기를 듣고 보니 뭔가 이유가 있음직했다.

"한국의 재벌 중 누군가가 이자를 처리해 달라는 의뢰를 했단 말입니까?"

"그렇소, 그 의뢰를 하러 온 사람이 지금 지부에 머물고 있소."

이야기를 들을수록 뭔가 이상하게 흘러간다는 생각이 들었다.

"그리고 이자는 어차피 우리가 처리해야 할 조직과도 연관이 있는 것으로 조사되었소."

권문갑의 이야기를 들으며 장국영은 성환의 사진을 들여

다보며 고민에 빠졌다.

솔직히 진진의 말을 모두 믿을 수는 없지만, 그렇다고 진진의 말을 무시할 수도 없었다.

자신이 알기로 진진은 무척이나 방에 충성심이 강하고 또 신의가 있는 자였다.

그렇기에 방주도 폐인이 된 그를 치료해 고향으로 보냈다.

만약 그렇지 못한 자였다면 진즉 일을 실패하고 본국으로 소환되었을 때, 공장에 넘겨져 통조림이 되었을 것이다.

그런 것을 알기에 장국영은 출국 전날 진진을 찾아 한국 지부의 사정과 그가 폐인이 된 사연 등을 들었다.

그리고 이야기 말미에 진진은 당부하듯 그에게 말을 했었다.

"대장님, 절대로 그자를 상대하지 마십시오. 될 수 있으면 그자와 관계된 일은 피하십시오. 그는 인간이 아닙니다."

도대체 그에게서 무엇을 봤기에 진진은 그가 인간이 아니란 말까지 하며 막았는지 아직도 의문이었다.

하지만 그건 그것이고 의뢰가 들어왔다면 받아들이는 것이 금련방의 제자다운 행동이다.

특히나 자신은 금련방의 무력 조직인 철사대의 대장이 아닌가?

남들에게 공포로 존재하는 것이 철사대다.

그런데 의뢰가 들어온 상태에서 뒤로 물러날 수는 없는 일 아닌가?

이것은 장국영의 자존심에 먹칠을 하는 일이다.

비록 가슴 한쪽이 찜찜하긴 하지만 물러날 수는 없었다.

"알겠습니다."

지부장이 재벌의 의뢰라고 했으니 충분히 납득할 만한 거래를 했을 것이 분명했다.

이번에 자신들이 출동하는 것이니 의뢰비에서 상당 부분 자신들에게 돌아올 것이다.

자신들과 같이 무력대들은 따로 수익이 있는 것이 아니었다.

방에서 나오는 운영 자금과 또 이렇게 지부에 파견을 나왔을 때, 지부에서 지원금 형식으로 나오는 돈이 무력대의 수익의 전부였다.

그렇기에 의뢰에 참가할 때, 일정 부분 파견된 무력대에 돈이 분배되는 것은 당연한 것이다.

그리고 이번처럼 재벌이라 불릴 정도의 의뢰인이 있을 땐 그 비용도 평소보다 많으면 많았지 적은 금액은 아닐 것이란 생각에 입가에 미소가 절로 걸렸다.

"따로 조사한 것은 없습니까?"

권문갑은 장국영이 묻기도 전에 얼른 그의 앞에 성환에

관해 조사한 것들을 올려놓았다.

성환의 약력에 관해 세세히 조사되어 있었다.

이것은 지부에서 조사한 것이 아니라 성환에 대해 의뢰를 한 김상수가 전해 준 것이다.

그리고 김상수도 이세건이 넘겨준 자료와 자신이 조사한 것, 그리고 지금은 사라졌지만 한때 그의 수하였던 대범파에서 조사한 것까지 모두 망라되어 있었다.

그러다 보니 성환에 대해 군에서 많은 것을 숨겼지만 상당 부분 밝혀졌다.

사실 이렇게나 많은 정보가 누출된 것에는 다 이유가 있었다.

김한수의 부탁으로 이상덕이 자신이 알고 있는 군 관계자에게서 성환에 대한 정보를 빼냈고, 그것을 김병두가 이세건에게 넘겼다.

그리고 그런 정보가 다시 김상수의 손을 통해 덧붙여져 지금 장국영의 손에 들린 것이다.

이렇게 많은 정보가 알려지기도 했지만, 중복 조사된 것도 많아 사실 이상덕이 알아낸 것에서 그리 많은 것이 덧붙여진 것은 아니었다.

추가된 내용이레 봐야 이상덕이 모르는 만수파와 진원파의 일 정도였다.

권문갑이 넘겨준 성환에 대한 자료를 살펴보던 장국영은

뭔가를 보고 눈이 커졌다.

 [만수파 두목 최만수 심장마비 사망(정성환의 짓으로 의심
됨) 2018년 1월3일 강남의 폭력조직 진원파 본거지 진원빌
딩 58명 사상자 발생(사망자—이진원—진원파 두목) 진원파
두목 사망 하루 전 사건과 관련된 판사와 변호사 사망……]

 타깃이 군인이었고, 특수부대 교관이었다는 것은 중요한
것이 아니었다.
 어차피 자신들에게 의뢰가 들어왔다는 것은 일반적으로
처리하지 못했기에 자신들에게까지 순서가 돌아왔다는 말
이었다.
 그것을 보면 타깃은 결코 평범한 사람이 아니다.
 재벌이 노렸는데 아직까지 무사한 것만 봐도 뭔가가 있
다는 소리다.
 오랫동안 무술 수련을 한 장국영도 그것은 알고 있었다.
 현대에서 재벌들은 힘은 권력자들 못지않은 엄청난 힘을
가지고 있다는 것을 말이다.
 그런데 그런 재벌도 어쩌지 못해 자신들에게 의뢰를 했
다는 말은 결코 쉽지 않은 상대란 소리였다.
 그리고 결정적으로 서류를 살펴본 결과 타깃은 상당한
무술의 고수였다.

흑사회 조직에 홀로 뛰어들어 상당한 사상자를 냈으면서도 목표만 죽이고 무사히 빠져나갔다는 것이 그것을 반증한다.

장국영이 더욱 성환을 높게 본 것은 그렇게 자신의 목적을 이루었으면서도 정작 자신의 정체는 들키지 않았다는 것이었다.

그것은 고도의 침투 능력과 작전 능력이 있다는 소리였다.

한마디로 문무겸전 고수란 소리다.

비록 철사대가 여타의 다른 방파의 무력대 보다 우위에 있다고 하지만 결코 쉽지 않을 것이란 예상이 들었다.

'쉽지 않겠군!'

성환이 진원파 두목인 이진원을 죽일 당시 진원파의 본거지인 진원 빌딩에 침투해 빌딩 안에 있던 조폭들을 제압하고 이진원을 처리했던 내용을 읽으면서 장국영이 이번 의뢰가 쉽지 않다고 생각했다.

그리고 그런 생각이 들자 왠지 모르게 중국을 떠나기 전날 진진이 했던 당부가 머릿속을 맴돌았다.

하지만 이미 의뢰는 방에서 접수를 했기에 물러설 수는 없었다.

어려운 의뢰지만 이미 접수된 의뢰이니 무슨 수를 써서라도 해결해야만 했다.

한참을 살피던 장국영의 눈이 이상한 것이 보였다.

[최근 M&S엔터의 아이돌 가수들과 자주 목격됨…….]

서류 마지막 장 하단에 최근의 행적이 적혀 있었다.

그곳에 타깃이 아이돌 가수와 친한 것인지 자주 목격이 된다고 적혀 있었다.

"이거다!"

"뭐가 말인가?"

갑작스런 큰소리에 권문갑은 놀라며 무엇을 말한 것인지 물었다.

"하하, 타깃에 관해 살펴보다 그가 생각보다 빈틈이 없는 자이고 또 상당한 무술의 고수란 것을 알게 되었습니다."

"그렇지, 내가 봐도 그자는 상당한 고수가 분명해!"

어느 사이엔가 권문갑은 처음과 다르게 장국영을 상대할 때 평대를 하고 있었다.

그리고 장국영도 처음과 다르게 권문갑에게 좀 더 높임 말을 하고 있었다.

이는 의뢰를 처음 부탁할 때와 다르게 의뢰가 진행이 되면서 지부장인 권문갑의 권한이 장국영보다 우위에 서게 되었기 때문이다.

물론 장국영이 의뢰를 받아들이지 않았다면 이런 관계가 성립되지 않았을 것이지만, 아무든 기존 관습도 돈 앞에서는 모두 무용지물이다.

아무튼 권문갑은 무엇 때문에 장국영이 소리친 것인지 물었고, 장국영은 자신이 찾아낸 빈틈을 말해 주었다.

"여기 보면 이 대단한 자도 아이돌 가수들과 자주 목격이 된다고 합니다. 그러니…….."

장국영의 설명에 뒷말은 들어 보지 않아도 무슨 말을 하려는지 짐작할 수 있었다.

"그러니까 이들을 이용해, 이자를 함정으로 끌어들이자는 소리지?"

"그렇습니다."

"좋군!"

권문갑과 장국영은 보다 자세히 작전을 세우기 위해 머리를 맞대고 의논을 하기 시작했다.

◈   ◈   ◈

트윙클과 M&S엔터의 사장인 이혜연을 납치하기 위해 그들을 따라다니며 빈틈을 노리던 박형식의 눈에 이상한 것이 포착이 되었다.

그녀들의 경호원들은 처음과 다르게 무척이나 경호를 정석대로 철저했다.

자신도 군대에 있을 때, 배운 적이 있는 군대식 경호였다.

아무래도 저들을 가르친 교관 중에 경험이 풍부한 사람이 있는 것 같았다.

그 때문에 이렇게 시간을 허비하면서 틈을 찾고 있는데, 경호원이 더욱 늘어났다.

그런데 요 며칠 주변의 반응이 좀 어수선해졌다.

만약 6명으로 늘어난 경호원들 때문에 신경이 빠짝 곤두서 있는 상태가 아니라면 아마 그런 변화를 느끼지 못했을 것이다.

그제부터 중국인으로 보이는 사내들이 자주 눈에 띠었다.

비록 평범한 것으로 위장을 하려고 했지만 박형식의 눈에는 그들이 고도로 훈련된 사람이란 것이 보였다.

햇볕에 많이 노출된 듯 검게 그을린 얼굴 피부라는가, 손등에 확연히 나 있는 권련흔(拳練痕)이 그 증거였다.

권련흔이란 주먹을 단련하면 나타나는 흔적으로 검지와 중지가 손등과 만나는 마디 부분을 단련하면 굳은살이 박힌다.

지금 박형식이 본 이들은 그런 권련흔이 멀리서도 뚜렷하게 보일 정도로 눈에 뛰었다.

'이자가 나만 아니라 또 다른 곳에도 의뢰를 한 것인가?'

박형식은 그들의 은밀한 움직임을 관찰하면서 그런 의심을 하게 되었다.

그가 이런 의심을 하게 된 것은 그 중국인으로 보이는 남자들이 자신과 동선이 많이 겹쳤기 때문에 그리 생각한 것이다.

자신은 의뢰를 받아 타깃의 스케줄에 따라다니고 있었다.

그런데 요 며칠 자신과 동선이 겹친다는 말은 그들과 자신의 타깃이 동일할 경우에나 해당되는 것이다.

그런 생각이 들자 의심이 들었다.

이중 의뢰는 계약 파기나 마찬가지 일이었다.

이는 의뢰인이 자신을 기만한 것이라고 봐도 무방할 것이다.

이런 생각이 들자 박형식은 바로 의뢰인에게 전화를 걸었다.

"여보세요! 저 박입니다."

박형식은 김동한에게 전화를 걸어 자신 말고 또 다른 곳에 자신이 받은 의뢰를 이중으로 했는지 물었다.

그런 박형식의 질문에 김동한은 펄쩍 뛰며 부정을 했다.

—그게 무슨 말입니까? 설마 제가 그런 비도덕적인 짓을 했겠습니까?

"그럼 지금 벌어지고 있는 일은 어떻게 설명하실 겁니까?"

아니라고 하는 김동한의 말에 박형식은 현재 주변에서 벌어지고 있는 것은 어떻게 설명할 것인지 물었다.

그런 박형식의 말에 전화기 너머에선 한동안 말이 없었다.

그리고 들려온 말은 뜻밖의 것이었다.

―아무래도 다른 쪽에서 저희와 비슷한 의뢰를 한 것 같습니다.

이건 또 무슨 말인가? 다른 곳에서도 자신과 같은 타깃을 노리고 있다니.

이제 갓 데뷔한 아이돌을 누가 노린단 말인가? 점점 이해할 수 없는 사건에 자신이 휘말린 것은 아닌지 의심이 되었다.

"그럼 의뢰는 어떻게 되는 겁니까?"

이쯤에서 의뢰의 내용을 정확하게 할 필요를 느낀 박형식은 다른 곳에서도 자신과 동일한 목적을 가지고 있다는 소리를 들었기에 이번 의뢰에 관해 어떻게 할 것인지 의뢰인에게 물었다.

그런 박형식의 물음에 김동한은 그냥 진행을 해 달라는 말을 했다.

―어차피 제게 부탁한 분도 그자들에게 의뢰를 한 사람과 연관이 있는 분이니, 의뢰는 그대로 진행을 해 주십시오. 그런데 만약 그들이 먼저 의뢰를 완료하면 그냥 두십시오. 그들에 대한 납치가 성공이 되면 어차피 목적은 같아지는 것이니 의뢰를 성공한 것으로 판단하고 나머지 잔금은 알려 주신 계좌로 보내 드리겠습니다.

김동한이 굳이 자신이 아니더라도 납치만 성공이 된다면

자신이 의뢰를 수행한 것으로 인정을 해주겠다는 말에 박형식의 마음은 그 어느 때보다 여유로워졌다.

"알겠습니다. 전 그럼 그대로 믿고 일을 추진하겠습니다."

박형식은 자신이 들을 것을 모두 들었기에 편하게 의뢰에 임하기로 했다.

◆　　◆　　◆

장소팔은 대장의 명령으로 트윙클이라는 아이돌 가수를 납치하기 위해 사제들과 함께 방송국 앞에 나왔다.

자랑스러운 대원으로서 겨우 가수나 납치한다는 것이 조금 자존심이 상하기는 했지만, 자신이 납치해야 할 가수들이 지부의 조직원들을 페인으로 만든 한국 조직과 연관이 있다는 말을 들었기에 일단 대장의 명령대로 따라야 했다.

괜히 위험을 감수할 필요는 없는 일이지 않은가?

뭐 일이 끝나면 납치한 여자들을 자신들에게 준다고 했으니 오히려 이번 납치에 출동하지 않은 사제들이 자신들을 부러워할 정도였다.

사실 요인 납치는 많이 해 봤다.

미국의 지부를 돕기 위해 파견 갔을 때 경험해 봤는데, 그리 어려운 일도 아니었다.

특히나 미국은 총기 소유가 허가된 나라라 조금 위험한

경우도 있었지만, 한국은 총기 소유가 불법인 나라라 그런 위험도 적었다.

그러니 이번 일은 사실 땅 짚고 헤엄치는 것이나 마찬가지 일이었다.

비록 한국인들이 좀 드세긴 하지만 그래 봐야 반도인 아닌가?

이런 자신감 때문인지 사제들도 조금은 들떠 있는 것 같았지만 상관없었다.

사제들에게 일일이 지시를 하지 않아도 알아서 잘할 것을 알지만 그래도 한국 경찰은 신경이 쓰였기에 장소팔은 사제들에게 마지막 주의를 주듯 소리쳤다.

"경호원들이 6명이라고 하니 빠른 시간에 처리하고, 한국 경찰이 출동하기 전에 자리를 떠난다."

"사형, 너무 걱정하지 마시오. 그까짓 계집들 몇 데려가는 것이 뭐 어려운 일이라고 그리 신경을 바짝 세우고 그러오."

"다른 것은 상관없는데, 한국 경찰에게 우리의 정체가 발각되면 귀찮아진다. 그러니 모두 조심해!"

"알았소!"

철사대 대원들은 장소팔의 잔소리에 모두 귀찮다는 듯 손을 저으며 간단하게 알았다는 말을 했다.

이때 방송국 입구에 누군가 나오는 모습이 보였다.

자신이 받은 사진 속에 있던 그 가수들의 모습이 보이자 장소팔은 얼른 손짓을 했다.

◆　　◆　　◆

김국환은 사장인 성환으로부터 각별히 주의를 받았다.

아니, 김국환 외에도 외부에 파견 나간 경호원들 모두 주의를 들었다.

이들이 주의를 들은 이유는 중국의 폭력 조직 중 한 곳에서 자신들을 노리기 위해 대규모 인원이 한국으로 들어왔다는 것이었다.

지금은 KSS경호로 소속을 바꾸었지만, 자신들의 전신은 만수파나 진원파의 조직원이었다.

중국에서 온 깡패들이 만수파를 노리기 위해 들어왔다는 것이다.

그런데 그들이 자신들도 노릴 수 있다는 정보가 들어왔기에 조심하라는 소리였다.

그런 상태이지 혹시라도 지금 경호하고 있는 사람들이 피해를 입을 수 있으니 각별히 주의를 하라는 말도 들었다.

이제는 귀에 딱지가 될 정도로 들었기에 어떤 경우에도 경호 대상이 피해를 받지 않게 할 자신이 있다.

교관들에게 정말이지 맞아 가며 익힌 것이니 몸이 부셔지는 한이 있더라도 그들을 지켜 낼 것이다.

특히나 자신이 맡고 있는 트윙클이란 아이들은 너무도 귀여운 아이들이었다.

듣기론 아픔이 있는 아이들이니 각별히 보살피라는 지시도 받았다.

그것이 아니더라도 트윙클은 보호받을 만한 존재들이었다.

그렇게 생각하는 김국환이기에 자신의 조원들과 의논해 2명씩 교대로 근접 경호를 하기로 했다.

오늘 자신은 트윙클이 타고 다니는 차량에서 대기를 하는 것이었다.

그렇기에 트윙클이 스케줄을 마치고 밖으로 나오면 차에 태워 이동을 시키면 되었다.

원래는 이것은 트윙클의 로드 매니저가 할 일이지만 경호원의 숫자가 늘어나면서 차에 탈 수 있는 인원에 한계가 있어 당분간 로드 매니저는 회사에서 업무를 보는 것으로 했다.

—치직! 치직! 긴급 상황 발생! 긴급 상황 발생! 지원 요청하기 바란다.

트윙클의 스케줄이 끝날 시간이라 방송국 입구에 차를 대려고 하는 중 무전이 날아왔다.

긴급 상환 발생이라는 말과 함께 지원 요청을 하는 내용이었다.

"창근 형님! 긴급 상황이랍니다."

"나도 들었어! 넌 얼른 지원 요청해!"

"알겠습니다."

김국환은 자신과 한조인 김창근에게 무전 내용을 말했다.

물론 그도 옆에 있었기에 들었을 것이지만 한 번 더 상황을 살피기 위해 말한 것이었다.

창근의 말에 국환은 얼른 다른 경호원들에게 무전을 날렸다.

다행이라면 방송국에는 다른 경호원들도 있었는데, 그들은 M&S엔터에 속한 배우들을 따라 KBC방송국에 왔다.

방송국에 와서야 자신의 조가 아닌 다른 조에 속한 경호원들 몇이 방송국에 온 것을 알고 자신들의 경호 대상이 스케줄을 하는 동안 잠시 이야기를 하기도 했었다.

하지만 스케줄이 끝나가는 시간이 되자 각자 자신이 맡은 경호 대상 곁으로 돌아간 상태였다.

그런데 지금 스케줄을 마치고 나오던 트윙클 쪽에 긴급 상황이 발생했다는 무전이 날아왔다.

다른 조에서도 지금 공용 채널로 날아온 무전을 들었을 것이다.

그리고 자신들이 지원 요청을 했으니 곧 상황이 벌어진 방송국 입구로 지원을 올 것이란 판단에 창근과 국환은 얼른 방송국 입구로 차를 급하게 몰아갔다.

부웅!

입구에 도착하니 일단의 사내들이 트윙클과 경호원들을 둘러싸고 접전을 벌이고 있었다.

쪽수에서 배는 차이가 나다 보니 위태로워 보였다.

끼익!

창근은 차를 몰아 트윙클을 둘러싸고 있는 사내들을 덮쳤다.

만약 일반인에게 그리했다가는 살인 또는 살인 미수의 범죄이지만, 현재 눈앞에 벌어지고 있는 상환은 너무도 긴박한 상황이 벌어지고 있는 중이라 트윙클의 안전을 위해선 이들을 둘러싸고 있는 자들을 빠르게 처리할 수단이 필요했다.

그래서 창근은 과감하게 그들을 차로 치기로 했다.

쿵!

휙, 털썩!

창근이 모는 벤에 한 명이 치여 날아갔다.

갑작스런 상환에 트윙클을 둘러싸고 있던 사내들은 깜작 놀라며 자신들의 동료를 친 차를 보았다.

"웬 놈이냐!"

사내들 중 한 명이 소리쳤다.

◈　　◈　　◈

장소팔은 갑자기 차가 나타나 철사대원을 치는 것을 보

았다.

조금만 있으면 다 잡은 것인데, 난데없이 훼방꾼이 나타난 것이다.

"웬 놈이냐!"

자신도 모르게 중국어가 튀어나왔다.

한편 차에서 내리던 김창근과 김국환은 눈이 커졌다.

설마 사장님이 우려하던 상황이 진짜로 벌어진 것이다.

자신들 때문에 경호 대상들이 피해를 입게 된 것이었다.

물론 이건 이들이 창근이나 국환이 사정을 몰라 오해를 하는 중이었다.

트윙클을 납치하기 위해 출동한 철사대는 김상수의 의뢰로 트윙클을 납치하기 위해 움직인 것이다.

하지만 이를 모르는 창근이나 국환은 이 상환이 만수파와 관련이 있는 자신들 때문에 벌어진 일로 오해하고 있었다.

"이런 짱꼴라 새끼들이, 여기가 어디라고 설쳐!"

KSS경호에 들어가면서 조폭 생활을 하면서 거칠어졌던 말투도 고치고, 여러 가지 교육을 받으며 교정이 되었던 것들이 한순간에 수포로 돌아갔다.

상황이 상황이다 보니 예전 거칠었던 말투가 그대로 나온 것이다.

솔직히 몇 개월 연습을 했다고 바로 고쳐질 것이 아니기도 했다.

하지만 귀여운 트윙클을 경호하면서 최대한 자신의 본질을 숨기고 있던 창근과 국환이었는데, 트윙클을 위협하고 있는 철사대를 보자 눈이 돌아간 것이다.

그렇다고 본분을 잊은 것은 아니었다.

거칠게 욕설을 하며 싸움판 안으로 뛰어들었지만 함부로 나서지 않고, 최대한 트윙클을 보호하기 위해 그녀들을 보호하고 있던 경호원들 사이로 들어갔다.

"조금 뒤면 지원이 올 것입니다."

창근은 얼른 트윙클의 옆에 있는 최나경 실장에게 지원이 올 것이란 말을 했다.

말을 하면서도 그의 눈은 조금 전 자신에게 소리친 중국인에게 가 있었다.

창근이 보기에 그가 자신들을 둘러싼 중국인들의 우두머리 같았기에 그의 변화를 놓치지 않기 위해 주시하는 것이다.

그리고 창근의 말이 떨어지기 무섭게 방송국 안에서 일단의 사내들이 뛰어오는 소리가 들렸다.

다다다닥!

건물 안에서 2명의 남자들이 뛰어오는 모습이 보이자 장소팔은 고개를 돌려 그것을 보다 인상을 찡그렸다.

처음 타깃이 나오자 사제들을 시켜 그들을 납치하려고 했다.

그런데 건물 입구에서 4명의 남자가 나와 타깃을 둘러싸는 것이 아닌가?

그 모습에 잠시 움찔하는 동안 그 남자들은 방위를 점하고 움직이기 시작했다.

장소팔이 판단하기에 경호원들 같다는 생각을 했다.

하지만 4명의 경호원을 둔 것은 의외이긴 했지만, 상관없다는 판단을 했다.

왜냐하면 자신들의 인원이 그들의 배가 넘는 10명이나 되었기 때문이다.

겨우 4명의 여자아이들을 납치하는 것에 10명이나 동원이 되었으니 경호원이 붙어 있더라도 실패란 없을 것이라 생각했다.

그러니 4명의 경호원이 예상보다 많은 숫자이긴 하지만 걱정이 없었다.

그런데 갑자기 차가 등장하더니 사제들을 덮치는 것이 아닌가?

뿐만 아니라 그곳에 내린 남자 2명이 경호원들 속으로 들어가는 것이 아닌가?

조금 전 차에 치인 것 때문에 자신들은 숫자가 줄었는데, 저들은 경호원의 수가 늘었다.

6:9.

조금 전 보다 상황이 조금 좋지 않지만 아직 할 만하다, 판단했다.

하지만 그것도 잠시 설마 건물 안에 또 다른 경호원들이 있을 것이라고는 예상치 못했다.

설마 경호원을 8명이나 고용하고 있었을 줄은 전혀 예상하지 못했다.

더욱이 저들의 자세를 보니 자신들 못지않은 무술을 수련한 것으로 보였다.

장소팔은 빠르게 판단을 내려야 했다.

물러설 것인지, 아니면 이대로 일을 감행할 것인지 말이다.

하지만 결정은 의외로 쉽게 내릴 수 있었다.

임무를 받아 나올 때, 대장에게 자신들의 정체가 들켜선 안 된다는 주의를 받았다.

그러니 이쯤에서 물러나야만 했다.

이미 경호원의 숫자는 자신들과 비슷한 8명이 되었다.

비록 자신들이 1명 더 많긴 하지만 혹시라도 방송국 경비라도 나타난다면.

아니, 그것이 아니더라도 이곳에서 더 이상 시간을 허비했다가는 한국 경찰들에게 잡힐 수 있었다.

그러니 더 이상 일을 감행하기보다는 물러나야 할 때였다.

"물러난다."

"사형!"

"닥쳐! 내 말을 따라라!"

장소팔은 자신의 말에 반발하는 사제들에게 호통을 치고

차에 치여 쓰러진 대원을 챙겨 물러났다.

창근과 국환은 철사대가 물러나는 것을 보면서도 자세를 흐트리지 않았다.

물러나는 저들을 잡아 정체를 알아내는 것 보다는 자신들이 보호해야 할 대상의 안전이 더 중요했기 때문이다.

그런데 이런 이들의 모습을 지켜보는 시선이 있었다.

장소가 장소이다 보니 방송국 입구에서 벌어진 사건은 금방 방송국 내에 알려져 보도국에서 나와 촬영을 하고 있었다.

〈『코리아갓파더』 제7권에서 계속〉

http://www.bbulmedia.com